Méli-Vélo

Paul Fournel

Méli-Vélo

Éditions du Seuil
27, rue Jacob, Paris VIe

ISBN 978-2-02-096627-6

www.seuil.com

Mon vélo est la chose à laquelle je tiens le plus au monde.

Alfred Jarry

Tu sais, moi je n'aime pas tellement le vélo.

Louison Bobet
à Jacques Anquetil en 1957

Les dictionnaires qui possèdent la réputation d'avoir raison sur tout se trompent sur un point : le vélo n'est pas un moyen de locomotion. C'est un conte de fées.

Jean-Noël Blanc, *La Légende des cycles*,
Le Castor Astral, 2003

Le vélo est une langue. Une langue où tout se mêle dans l'essoufflement de l'effort. Une langue de cris, une langue d'alerte et de joie qui se perd dans le silence de la montagne et se retrouve au coin du bois. Une langue du soir, paisible, qui raconte et reraconte le souvenir des grands et des petits exploits.

Je la parle couramment depuis mon enfance et la voici rangée de A à Z. L'alphabet met de l'ordre dans les mots et dans les sentiments. Il met de l'ordre dans mon amour du vélo.

Ce petit dictionnaire fait la part belle aux mots du peloton : on y flingue, on y bâche, on y gicle ; mais aussi aux coureurs que j'admire, les Robic, les Anquetil, les Merckx ; aux montagnes que je grimpe, l'Izoard, le Galibier, le Tourmalet ; aux batailles héroïques des grands Tours et aux balades du dimanche dans la vallée de Chevreuse. C'est l'abécédaire d'une passion paisible pour le vélo, cet engin merveilleux qui vous emmène sans bruit, plus vite que vous-même, jusqu'au bout de la route.

Paul FOURNEL

A

Abri

Prendre l'abri, sauter dans l'abri, s'abriter : se mettre derrière un autre cycliste pour se protéger du vent.

L'abri est la bénédiction du cycliste. On peut économiser jusqu'à 30 % de ses forces en se tenant derrière les autres. Un seul cycliste devant vous, en vous offrant son aspiration, suffit à vous changer la vie. C'est dire si le milieu du peloton est un abri idéal. Les coureurs ne cherchent pas l'abri par coquetterie, ce n'est pas par pure dévotion que l'on voit les équipiers abriter leur leader ou leur sprinteur. Cela change la vie cycliste pour le meilleur. Il est fortement recommandé de se choisir des compagnons de route de forte stature. Lorsqu'ils sont, en outre, animés de bonne volonté et prennent le relais plus souvent qu'à leur tour, ce sont des partenaires idéaux.

La tragédie survient lorsqu'on ne peut plus suivre le train et qu'on est condamné à sortir de l'abri : les écarts se creusent très vite et le retour devient hautement improbable. Le peloton est une bonne maison pour autant qu'on y reste.

« Manque de chance, je me retrouve dans l'échappée avec deux petits grimpeurs. Ils avaient deux têtes de moins que moi, je n'ai pas pu prendre l'abri et j'ai mangé tout le vent » (Eros Poli, *Mon Ventoux*).

À LA PÉDALE

Accomplir un exploit ou remporter une victoire à la pédale (on dit parfois « à la jambe »), c'est réaliser ce que le sport cycliste a de meilleur. C'est s'imposer grâce à un effort qui ne doit rien aux circonstances, aux combines, aux accidents des autres, aux anomalies de la course, au marquage des adversaires, aux éventuelles tricheries. C'est faire la preuve de sa force par les moyens les plus purs, ceux du jarret.

« C'était pas la moitié d'un costaud, l'Antoine. Il est allé jusqu'au bistrot en homme, à la pédale » (René Fallet, *Les Boucles de la Besbre*).

ALPE-D'HUEZ (L')

La montée vers l'Alpe-d'Huez a été marquée de tant d'exploits fameux qu'elle est devenue légendaire. Coppi y battit Robic en 1952, en 1976, Lucien Van Impe et Joop Zoetemelk s'y affrontèrent, les Hollandais y firent leur jardin derrière Hennie Kuiper, Hinault y batailla avec LeMond en 1986, en 2001, Armstrong y effaça Ullrich.

Pantani détient le record de la montée, avec 37 mn 35 s (1997). Armstrong a mis 38 minutes en 2001, soit 10 de moins que Hinault en 1986, 4 mn 15 s de moins que Fignon en 89 et 1 mn 45 s de moins qu'Indurain en 91.

La montée se décompose en deux parties distinctes : d'abord vingt et un lacets, puis une longue pente difficile dans les villages successifs et les alpages avant le sommet en cul-de-sac, dans la station.

Les lacets ont été dessinés pour permettre aux autocars de skieurs de monter sans peine. Les virages sont presque plats, en échange, les bouts droits sont autant de coups de cul terribles qui accusent des pourcentages fort élevés. Il s'agit d'un terrain idéal pour exprimer des qualités de grimpeur. Chaque sortie de lacet est une invitation à attaquer et les gros moteurs qui ont besoin de régularité dans l'effort ont le plus grand mal à répondre aux attaques successives des purs grimpeurs. À l'image de Jan Ullrich, ils préfèrent se laisser décramponner pour ne pas se mettre dans le rouge et pour tenter de revenir plus haut, à leur train.

Il faut faire cette montée le jour même de l'étape du Tour. On trouve là le plus grand rassemblement de spectateurs – on en a compté jusqu'à 300 000 sur les pentes – que l'on puisse voir le long d'une route. Ils offrent le spectacle d'un pique-nique interminable, d'une collection de coups de soleil impressionnante et d'une longue coulée de bière de quelque 21 kilomètres. Comme la montée est très difficile, le spectacle du public lui-même est une heureuse diversion.

Plus tard, dans l'après-midi, lorsque grimpent les champions, la foule est si compacte que les coureurs peinent à se frayer un chemin. Cela ne va pas sans risque, comme en 1999, lorsque Beppe Guerini heurta un jeune homme qui voulait le photographier d'un peu trop près.

Anquetil, Jacques (1934-1987)

Jacques Anquetil est d'abord une image, l'image de la perfection cycliste. Jamais homme ne fut mieux fait pour aller sur un vélo. Imaginez une seconde Antonin Magne, entraîneur de Raymond Poulidor, le grand rival, montant à la hauteur de son coureur lors d'une étape contre la montre, au moment où il allait être dépassé par Anquetil, pour lui dire : « Raymond, regardez la Caravelle qui passe. » Peut-on inventer plus bel hommage ?

Anquetil était un aristocrate, son élégance était légendaire, et même le pire effort ne parvenait pas à altérer sa ligne idéale. Rouleur-né, il dévorait les contre-la-montre, grimpeur en perpétuel progrès, styliste toujours, il ne montrait rien de son état. Monsieur Anquetil n'était pas candidat au concours de grimaces. Il ne cherchait pas non plus l'approbation de la presse et du peuple. Il accomplissait son métier, qui était de gagner des courses cyclistes, avec une légère distance qui faisait dire à certains qu'il n'aimait pas vraiment le vélo.

Ce qu'il aimait en revanche, c'était transgresser, jouer aux cartes la nuit avec Poulidor, boire un coup de trop avec Blondin, partir le matin dans le brouillard et se réveiller peu à peu au fil de l'étape jusqu'à faire l'étalage de toute sa classe à partir de la mi-journée.

Il fut constant dans ce domaine et, lorsque le temps du vélo fut passé, il montra le même élégant et indépendant caractère dans la gestion de sa vie privée de châtelain normand.

Il aimait aussi transgresser les règles de la course, se lancer des défis. Son palmarès est exceptionnel, mais ce qui l'est encore davantage ce sont ces coups de panache qui sans cesse démentirent sa réputation de dilettante à temps partiel. C'est le record de l'heure réputé inapprochable de Fausto Coppi qu'il explose, c'est le coup effarant de 1965 qui est sa véritable signature de champion : remportant, à 17 heures, le Dauphiné Libéré, une course d'une semaine montagneuse et difficile, il saute dans un avion et se retrouve à 2 heures du matin au départ de Bordeaux-Paris. À 16 h 30 et 600 kilomètres plus loin, il est vainqueur. « Un peu las », reconnaît-il sobrement.

« Son regard est d'un malin, ses spéculations secrètes ; aime-t-il le vélo ?... On se plaît à l'imaginer. Avec Jacques Anquetil on pénètre dans le labyrinthe des hypothèses. Ce Normand n'est pas un homme, c'est un hiéroglyphe ; on ne lit pas ses intentions, on les déchiffre » (Pierre Chany).

À PIED

Être à pied est un drame cycliste qui a le mérite de la clarté : c'est être mort pour le vélo, cuit, c'est tout simplement ne plus être dans le coup et ne plus pouvoir suivre le rythme de la promenade ou de la course. Rien à voir cependant avec le petit moment de marche qu'on s'accorde en poussant le vélo dans un pourcentage élevé, rien à voir non plus avec la petite marche qu'on fait pour accompagner sa bicyclette chargée de légumes. Non, en général, quand on est à pied, on pédale encore, mais à la vitesse de l'homme debout.

« J'ai roulé comme un fou dans les vallées pour boucher des trous et quand on est arrivés dans le col j'étais à pied » (Raymond Mastrotto, *Parmi les géants*).

ARENBERG

Si tous les cols alpins et pyrénéens sont connus comme les grands loups blancs du cyclisme, rares sont les morceaux de plaine qui ont accédé à la notoriété. La tranchée d'Arenberg en est un. Passage décisif et donc mythique de Paris-Roubaix, elle porte pour vrai nom celui de Drève des Boules d'Hérin, qui est à lui seul une menace. Longue de 2 400 mètres, cette étroite « tranchée » au milieu des champs de betteraves est revêtue de pavés en chapeaux melon qui transforment la course en un « rodéo où tout tremble ». On y glisse, on y tombe, on y crève, on y tord ses roues. Johan Museeuw faillit y perdre la vie, en 1998, dans un accident spectaculaire.

Chaque année, les plus costauds des coureurs se livrent une guerre sans merci *avant* d'entrer dans la tranchée. Tous veulent être bien placés dès le début de l'obstacle pour éviter les chutes et les tassements. Ensuite, il leur reste à foncer pour voler le plus possible sur le haut du pavé. Ils en sortent parfois vainqueurs, mais toujours secoués.

À la différence des grands cols, qui sont le

rendez-vous des touristes, on voit peu d'amateurs aller s'essayer aux pavés.

→ Voir *Paris-Roubaix*.

« C'est une connerie cette course ! » (Bernard Hinault, après sa victoire en 1981).

ARMSTRONG, LANCE (né en 1971)

Lance Armstrong fut un champion énorme et peu sympathique. À cet athlète qui avait tout pour lui, il manquait le sourire et la folie. Plus fort que tous sur tous les terrains, il promenait son drôle de destin et ses drôles de copains médecins le long des routes à gros rapport. Calculateur, il ne participait qu'aux courses les plus visibles ; dominateur, il a gagné sept Tours de France ; organisé, froid, il faisait dollars de tout, en bon Texan. Victime d'un cancer des testicules, revenu à la course en 1999, amaigri, aiguisé, bardé d'ordonnances, épaulé par des équipiers sans faille et un médecin sans foi, il a ravagé le vélo à 120 tours de pédale à la minute. Entouré de suspicion et d'avocats, il a toujours protesté de son innocence en matière de dopage, entretenu la confusion et gagné superbement toutes les courses qu'il a voulu gagner, lâchant les grimpeurs en montagne, écrasant les rouleurs en plaine, dévorant les contre-la-montre à une cadence stupéfiante.

On aurait tant aimé lui voir faire, parfois, un

acte gratuit, une faute, une plaisanterie, une élégance. Il eût alors été le plus grand qu'il voulait être, «*forever Yellow, Lance*».

Autobus

Dans les longues montées de col, ceux qui ne parviennent pas à lutter avec les hommes forts et les grimpeurs se regroupent à l'arrière pour adopter une cadence raisonnable qui leur permettra de franchir l'obstacle. Ce groupe se nomme «autobus» ou, à l'italienne, «gruppetto». Il ne s'agit en aucun cas d'un groupe de paresseux puisque ces coureurs doivent impérativement arriver dans les délais. En effet, pour éviter que certains coureurs ne prennent des journées de «repos», les organisateurs éliminent tous ceux qui n'atteignent pas le but dans un certain pourcentage du temps du premier, pourcentage qui varie selon le profil et la difficulté de la course. L'autobus va donc bon train pour échapper à l'élimination, et ce sont de vieux briscards expérimentés qui décident de la cadence. Ils se tiennent au courant de la progression des premiers et calculent la vitesse à laquelle l'autobus doit rouler pour être à l'heure.

Pour les coureurs en difficulté, l'autobus est le véhicule de la dernière chance. Y garder sa place (qui n'est pas un fauteuil!) est vital parce que, derrière l'autobus, il n'y a plus que le camion-balai.

AVOIR DES JAMBES

La sensation d'avoir des jambes est une sensation du lendemain. Lorsqu'il a produit de gros efforts, le cycliste se souvient qu'il a des jambes, alors que le commun des mortels a tendance à l'oublier. Le moindre escalier est une peine, une simple petite marche à pied dans le voisinage renoue dans les muscles une collection de vieux nœuds et de vieilles courbatures.

Statistiquement, c'est surtout le lundi que les cyclistes amateurs ont des jambes.

« Après la sortie de dimanche, je peux t'assurer que lundi matin j'avais des jambes » (Rémy Duchemin, *Souvenirs de la petite route*).

AVOIR LES JAMBES

Avoir les jambes, en revanche, c'est être en forme, disposer de bons outils de travail ou de sortie, ne pas souffrir et pédaler dans l'huile.

Statistiquement, c'est souvent le dimanche que les cyclistes amateurs ont les jambes.

« Comme j'avais les jambes, je suis parti devant pendant toute la matinée, et ensuite je ne les avais plus » (Oscar Freire, *Des hauts et des bas*).

B

Bâcher

Abandonner. L'expression est sans doute empruntée aux marchands des quatre-saisons, qui, lorsqu'ils ferment leur commerce, recouvrent leur marchandise d'une bâche protectrice. Pourtant, pour le coureur, le signe symbolique du renoncement est davantage celui d'un dépouillement. Pour signifier leur abandon, les coureurs ôtent leur dossard. Ensuite, ils cachent leur peine à l'intérieur de la voiture de leur entraîneur. C'est elle qui leur sert de bâche et les protège des amateurs de larmes.

« À ma cinquième crevaison, j'ai piqué la rage et j'ai préféré bâcher plutôt que de chasser pendant trois heures » (Yaroslav Popovych, à l'arrivée du Championnat national d'Ukraine).

BALANCER

Le peloton a ses vilains garçons mais aussi ses vilains gestes. Balancer est celui qui est le plus lourd de conséquences. Il s'agit purement et simplement de faire tomber un adversaire en le poussant de l'épaule ou simplement en le serrant sur le côté de la chaussée jusqu'à ce qu'il aille dans le fossé. Il va sans dire que cette frauduleuse opération doit se faire dans la plus grande discrétion pour éviter d'attirer l'attention et pour permettre au coupable de plaider précisément « non coupable », ce qui, bien entendu, provoque des représailles secrètes au terme desquelles tel qui fut balancé balancera à son tour.

J'ai pu constater que la pratique était assez répandue, il y a quelques années, dans les pelotons d'amateurs rustiques de nos belles provinces. On y balançait parce que tel coureur était considéré comme un intrus et indésirable dans une échappée, parce que tel autre n'appartenait pas à la mafia locale et contrariait une stratégie, parce qu'un nouveau venu semblait simplement trop fort, parce qu'un vieux compte n'avait pas été réglé entre cadors.

On pensait le peloton professionnel assagi et raisonnable dans ce violent domaine, mais les récentes révélations du grand Felice Gimondi prouvent qu'il n'en est rien : « J'ai pu commettre quelques incorrections, confesse le champion italien. Je me souviens d'avoir fait chuter un jour le Néerlandais Van der Vleuten parce qu'il protégeait une échappée avec Janssen qui s'était formée dans un ravitaillement où personne ne devait attaquer, alors je m'étais fâché. [...] Le lendemain de notre altercation, Van der Vleuten m'avait d'ailleurs offert une fleur et ça s'était arrêté là » (*L'Équipe*, 27 mai 2007).

Baroudeur

Le baroudeur est un cycliste de bonne volonté. Son tempérament le porte à l'attaque. Il flingue. Dans une débauche d'énergie dont il a le secret, il se porte à l'avant et tient tête à tout un peloton déchaîné. Lorsqu'il se fait reprendre, il repart et en remet une couche. Il sait pourtant que ses chances de gagner sont minces, que le peloton reviendra sur lui à quelques encablures de l'arrivée et que les sprinteurs lui prendront la victoire. S'il est en montagne, il sait qu'un moment viendra où les grimpeurs purs auront raison de lui. Il n'empêche. Aucun argument réaliste ne le retient. Il baroude parce que c'est sa manière d'être. Le Portugais Joachim Agostinho était le modèle abouti de cette race, toujours devant, toujours seul et toujours sur la brèche.

Je suis heureux de voir de temps à autre gagner un baroudeur. C'est assez rare mais c'est toujours un vrai soulagement, comme s'il y avait une justice immanente, comme si, pour une fois, le travail payait autant que la stratégie, le réalisme et la ruse. Les grands baroudeurs font les belles matinées et les beaux débuts d'après-midi des jours de course, on dit volontiers d'eux qu'ils sont des « animateurs ».

Il ne faut pas croire que le tempérament de baroudeur soit une exclusivité des compétiteurs. On le trouve aussi chez certains coureurs du dimanche. Dans nos sorties pépères en vallée de Chevreuse, nous avons un gaillard de 60 balais qui flinguera dans chaque bosse pour la seule volupté de flinguer jusqu'à sa dernière force. Il est difficile de dire que c'est plus fort que lui, mais on dirait bien que c'est de cela qu'il s'agit.

« Tout le monde sait que je suis baroudeur. C'est mon job de faire des échappées [...] sinon, on ne fait plus rien, on n'avance pas dans la vie. Il faut toujours oser » (Stéphane Augé, *L'Équipe*, 9 juillet 2007).

BARTALI, GINO (1914-2000)

Bartali ne mettait dans son bidon que de l'eau bénite. Lorsqu'il se sentait mal, il ne faisait pas appel à un masseur mais à son confesseur, Don Bruno, qui venait auprès de lui les jours de grande castagne. Il ne volait pas son surnom de Gino le

Pieux. Dieu lui a donné longue et belle santé puisqu'il a remporté deux fois le Tour à dix ans d'intervalle. Il est vrai que la Seconde Guerre mondiale avait eu lieu entre-temps – peut-être aurait-il gagné tous les Tours des années noires. Grimpeur spectaculaire de puissance, il était capable de sprinter en côte et de larguer tout un peloton. Il atteignit le sommet de la gloire mystique lorsqu'il gagna à Lourdes en 48.

Après Gino le Pieux, il devint Il Vecchio et cultiva soigneusement sa différence avec son grand rival Fausto Coppi, moins conservateur, plus engagé à gauche, mais aussi redoutable grimpeur que lui.

En 1950, alors qu'il atteignait l'âge où il aurait dû songer à gagner son paradis, le Vieux termina sa carrière sur une peu glorieuse embrouille. Il prétendit avoir été tabassé dans le col d'Aspin par des spectateurs hostiles et déchaînés, ceci pour provoquer la démission en bloc des coureurs italiens, et, par voie de conséquence, celle du pauvre Fiorenzo Magni, qui portait alors le maillot jaune, ce qui n'avait pas l'heur de plaire au pieux Gino. C'était avant les retransmissions en direct des étapes à la télévision et on pouvait encore récrire en douce le scénario de la course.

« Pas spécialement beau à vélo, Bartali progressait dans un style personnel qui procédait d'un temps d'arrêt de deux ou trois secondes tous les deux cents mètres environ. Le plus invraisemblable est que ce style demeurait valable en côte et qu'il n'était pas idiot de dire que Bartali lâchait ses rivaux en faisant roue libre. En fait, ce temps d'arrêt contribuait à accentuer la sécheresse, la nervosité de la pédalée et l'écœurement de ses rivaux» (Jean Bobet).

Basculer

Basculer est un mouvement heureux. Cela ne dure qu'une petite seconde, mais elle est radieuse. C'est l'instant où, parvenu au sommet de la côte, vous basculez dans la descente. C'est l'instant de la fin de l'effort. C'est l'instant où vous pouvez vous étirer, enfiler un imperméable ou glisser une feuille de journal sous votre maillot pour vous protéger du vent froid. C'est l'instant où le grimpeur quitte sa position pour adopter celle du descendeur. C'est l'instant d'un infime repos entre deux moments bien distincts du métier de cycliste.

Personnellement, je bascule assez peu souvent parce que, en général, je m'arrête au sommet pour un moment de contemplation et de repos. Dès lors, le mouvement de bascule est moins net.

«On est montés comme des tapés, mais comme Lucho avait encore une minute au sommet on s'est même pas rendu compte qu'on basculait. On s'est mis à dégringoler à fond, et dans ces cas-là, il faut donner pour le suivre, le Blaireau ! » (Hubert Arbes, *Dans les grandes roues*).

Belle machine

Je n'ai absolument aucun besoin de titane ou de carbone pour traîner mon poids et mon âge en haut des côtes, si je veux gagner 500 grammes je sais très bien où je dois les prendre, mais qu'est-ce que j'en ai envie ! Avoir un beau vélo est une fête. Un vélo léger qui ronronne dans le petit matin, qui obéit au doigt et qui vous donne l'illusion que vous allez rouler plus vite, que vous allez faire mieux.

Changer de vélo, c'est avoir l'occasion de mesurer l'amélioration du matériel au fil des années. J'aime à revenir à mes anciens vélos, de temps en temps, pour retrouver une sensation perdue, pour reglisser le pied dans un cale-pied, pour redescendre la main le long du cadre à la recherche de la manette de dérailleur, pour retrouver le temps de réponse d'un cadre en acier ou le confort d'un empattement long.

Je me souviens du plaisir sans mélange qu'il y avait à se laisser mesurer les bras, les jambes et les épaules pour se faire tailler un cadre comme un costard.

C'était un privilège de Stéphanois que d'avoir les grands couturiers sur place. Votre vélo était d'abord un petit tas de tubes gris et sonores posés sur un établi et vous pouviez chaque semaine aller lui rendre visite pour mesurer ses progrès. Un jour, il était soudé et la soudure coulait de tous les raccords. Le maître soulevait sa visière et vous souriait. Votre vélo prenait forme. Pour vous faire plaisir, il cintrait devant vous les fourreaux de *votre* fourche. À la visite suivante, le cadre était limé et il fallait parler couleur. Les échantillons étaient sortis : vert comme Anquetil, mauve comme Poulidor, gris comme Merckx ? Rouge comme vous ?

Ensuite, les accessoires, que l'on choisissait au gramme et au centime près (surtout au centime) : dérailleurs, manivelles, pédales, freins, selle, guidon, roues… De marque Campagnolo pour les plus fortunés, ou de marques françaises, un peu moins coûteuses, un peu moins glorieuses : Mafac, Simplex, ou Mavic.

Rien à voir avec le plaisir brutalement satisfait d'acheter un vélo tout fait dans la première boutique ou le dernier hypermarché venus.

Une des supériorités du cycliste amateur sur le coureur, c'est qu'il parle sans cesse de son vélo. Les coureurs n'en parlent plus depuis longtemps. La guerre des marques est finie et le vélo sur lequel ils courent est le bon ; s'ils en changent l'année suivante, ce sera le bon aussi. Il ne viendrait à personne l'idée de dire que le vélo de Moncoutié est meilleur que celui de Feuillu. Cela n'a pas toujours été le cas : Pedro Delgado cachait son cadre en alu favori sous le camouflage du cadre acier que vendait son sponsor. L'amateur, lui, est intarissable, il sait tout par le menu. Il cherche sans relâche le petit accessoire nouveau qui lui sera une potion magique et le fera progresser. On voit autour de l'hippodrome de Longchamp, par exemple, des amateurs très amateurs chevaucher des œuvres d'art dont ils ne tireront jamais la substantifique moelle. Ils ne sont pas risibles pour autant. Avoir un beau vélo, c'est se donner l'envie d'en faire davantage et le bonheur d'en parler tout le temps.

Bicyclette et vélo

Je ne me souviens d'aucune des bicyclettes que j'ai eues, et j'en ai eu de nombreuses. On m'en a volé beaucoup, certaines sont mortes à la tâche, d'autres sombrent encore aujourd'hui dans un monde de rouille et d'oubli où elles se délitent peu à peu, accrochées à une grille de hasard par une chaîne plus solide que les autres et dont la clef est au fond d'un puits. Elles sont mortes sur le chemin peu glorieux du travail, sur la route vers le village et son marché, sur le sentier de la plage. L'une d'elles doit encore dormir enlacée à une plus petite à l'abri d'un fourré.

La bicyclette, avec son guidon plat, ses pneus joufflus, ses garde-boue qui frottent, son porte-bagages à sacoches, sa dynamo qui grince et son phare qui pendouille, est un engin oubliable. Un outil.

De mes vélos j'ai la plus fidèle mémoire. J'en sais les couleurs successives, je connais les dates auxquelles j'ai changé les pédales et les braquets, je me souviens de chacune de mes selles. J'ai la mémoire du poids de chacun et le nom de chacune des pièces qui le composaient. Tous les dix ans, j'en garde un. Ils sont suspendus côte à côte dans mon garage et racontent l'histoire de ma vie cycliste et l'histoire du vélo. Acier anglais, alu italien, carbone français se côtoient, accastillages italien, français et japonais se mélangent. De 12 à 7 kilos, ils retracent une aventure de cinquante ans. Le premier ressemble au vélo de Raymond Poulidor, le dernier au vélo de Jalabert, mais mon préféré a l'allure de celui d'Eddy Merckx.

« La bicyclette est un machin, le vélo une machine » (Jean-Noël Blanc, *La Légende des cycles*, Le Castor Astral, 2003).

« C'est le contraire du vélo, la bicyclette. Une silhouette profilée mauve fluo dévale à soixante-dix à l'heure : c'est du vélo. Deux lycéennes côte à côte traversant un pont à Bruges : c'est de la bicyclette » (Philippe Delerm, *La Première Gorgée de bière*, Gallimard, 1997).

BIDON

Le bidon est l'accessoire numéro un du cycliste. Avant d'avoir un vélo, les enfants rêvent de posséder un bidon. Il s'agit de l'objet transitionnel parfait entre l'état de nourrisson et celui de champion du monde. Autrefois, le bidon était en fer-blanc, comme le quart militaire. Le modèle standard est aujourd'hui en plastique véritable avec un bouchon à tirette qui permet de boire sans lâcher les deux mains. Suivant la température extérieure, le liquide que l'on met dedans, au départ, est glacé ou chaud ; il devient bientôt tiédasse selon que le soleil le chauffe ou que le froid le saisit. De l'eau claire (recommandée lorsque l'on envisage de s'asperger le crâne, les cuisses ou les pieds sous la canicule), du thé sucré, du café fort (à la façon de Louison Bobet), du jus de fruit ou de la poudre de perlimpinpin diluée qui est supposée vous restituer les forces abandonnées sous forme de perles de sueur sur la route.

Pour l'amateur, le bidon est un bien précieux qu'il conserve et retrouve au fil des saisons.

Le professionnel, lui, jette son bidon vide. C'est sa marque et son luxe. S'il se trouve au milieu du peloton, il le jette en cloche par-dessus les échines et vise le fossé. S'il est seul ou sur les bords du peloton, il le fait glisser jusqu'au talus d'un geste décisif afin que personne ne vienne rouler dessus. Un bidon vide est un poids mort dont il convient de se défaire. À l'approche de l'arrivée, les sprinteurs se débarrassent de tout ce qui peut les alourdir. C'est là que les collectionneurs attendent et font leur récolte.

Le bidon est aussi un symbole hiérarchique fort. Il est un peu le contraire d'un sceptre. Le porteur de bidons est tout sauf un roi. Il est le parfait serviteur, celui qui, dans la phase finale des courses, où le ravitaillement depuis les voitures est interdit, se laisse distancer par le groupe pour aller faire provision de bidons pleins et frais auprès du directeur sportif. Un bon porteur peut en prendre une douzaine – ce qui ajoute tout de même 6 kilos à son poids de forme. Il en met dans ses poches, il en glisse sous son maillot, et il entreprend de remonter le peloton, ce qui n'est pas toujours une mince affaire. Au passage, il abandonne un peu de sa charge chaque fois qu'il vient à doubler un équipier. Et c'est ainsi que souvent, au prix d'un long effort, il se retrouve aux avant-postes, épaule contre épaule avec les patrons assoiffés.

Le passage du bidon par la vitre de la voiture suiveuse peut être l'occasion d'une faute classique et sévèrement condamnée par les organisateurs, la faute du « bidon collé ». Le coureur vient à la hauteur de son directeur sportif, lequel lui tend un bidon. Le coureur l'empoigne, le directeur sportif ne le lâche pas pour autant. Il offre ainsi à son coureur une petite poussette, un bref instant de répit, qui peut parfois lui suffire à se refaire la cerise (surtout si, comme par hasard, la route monte très fort à cet endroit).

L'article 7 du règlement est pourtant clair : « L'aspiration et l'entraînement par un véhicule moteur, la "poussette", la "rétropoussette", la "tirette" et la prise d'appui sont interdits en toutes circonstances. » La première infraction au bidon collé vaut une réprimande, la deuxième peut coûter de l'argent, la mauvaise habitude peut se payer en secondes de pénalité.

Alors que je regardais les coureurs dans la montée du Tourmalet, un des échappés jeta au fossé le bidon qu'il venait de vider. Un gamin s'élança pour le prendre et fut vertement interrompu par sa mère : « Arrête, ne ramasse pas cette saleté de bidon, c'est plein de dopage. »

Bobet, Louison (1925-1983)

Il y avait de l'application chez Bobet, une grande volonté de bien faire et de progresser qui le rendait inquiet, douteur. Il se préparait comme personne à son époque, ne négligeait aucun détail, retenait les leçons des courses perdues, tirait le meilleur des courses gagnées. Il aimait à s'entourer d'équipiers fidèles, il était rassuré par la présence de son frère Jean à ses côtés, qui fit beaucoup pour sa gloire. Il se formait au contact de ses grands adversaires : c'est dans ses défaites contre Bartali, Kübler, Koblet et Coppi qu'il apprit à gagner. Trois Tours de France à la suite, en 53, 54 et 55, des classiques, Tour de Lombardie, Tour des Flandres, Milan-San Remo, Championnat du monde. Rien ne lui manque, ni les exploits légendaires dans l'Izoard, son col fétiche, ni les drames du mal aux fesses.

Mais j'ai une tendresse particulière pour sa victoire dans les modestes Boucles de la Seine de 1947. Il la raconte si simplement et de façon si parfaitement claire dans son livre *Champion cycliste* qu'elle est une leçon de vélo à taille humaine.

Les Français ont aimé Louison, ses adversaires aussi. Coppi lui vouait une vraie amitié respectueuse. Ses admirateurs ont aimé le voir réussir sa reconversion en homme d'affaires et en chantre de la thalassothérapie. Ils ont aimé le savoir aux commandes de son avion, enfin occupé à voler pour de bon au-dessus des sommets. Il avait le succès rassurant.

Bobos

Le vélo n'est pas avare de blessures profondes : fractures, entailles, arrachements, pour ne rien dire des plaies à l'âme que la défaite et l'injustice infligent au coureur. Ces blessures-là interrompent le fil des courses et contraignent leurs victimes à aller à pied. Mais il existe aussi quantité de bobos minuscules qui, sans jamais la bouleverser, gâchent la vie quotidienne du peloton.

Les plaies superficielles aux hanches, aux mains, aux coudes, aux genoux, qui forment des croûtes qui se craquellent et saignent par temps sec, qui barbotent sous la pluie, envenimant les plaies rouvertes. Le mal au dos, que le massage a de plus en plus de mal à effacer. Les drames de selle, depuis le petit bouton que l'on perce jusqu'à l'induration que l'on doit opérer. Les brûlures sous la plante des pieds, les frottements dans les chaussures. Les tendinites, qui ne peuvent que s'aggraver et que l'on doit traiter au plus vite. Et, à côté de cela, les coups de soleil, les coups de froid, les grippes, les diarrhées et, privilège de cyclistes, les terribles grosses cuisses qui vous pourrissent la route… Cependant, il faut courir, foncer, batailler, tenir sa place et son rang, lire son nom dans la rubrique « Infirmerie » du journal et redouter l'attaque qui rouvrira vos plaies.

Boîte avec

Au temps lointain et oublié où les coureurs cyclistes se dopaient avec des cachets, on disait de ceux qui exagéraient visiblement : « Il a pris la boîte avec. »

Bon coup

Dès le départ de l'étape, les attaques se multiplient en tête du peloton. Il est hors de question de sauter dans les roues de tous ceux qui tentent de s'enfuir, on passerait par la fenêtre avant midi. Il faut choisir et bien utiliser ses forces. De toutes ces tentatives d'échappées, une seule ira au bout, ce sera le bon coup. Rater le bon coup est l'inquiétude première de tous les baroudeurs. Si on rate le bon coup, cela sous-entend que l'on a participé aux mauvais et que non seulement on n'est pas dans le bon mais qu'on a laissé des forces en route, celles-là mêmes qui font défaut au moment de la chasse. Le bon coup n'est pas forcément celui dans lequel se trouvent les meilleurs coureurs, au contraire. Tous les leaders cherchent à se neutraliser et personne d'important ne laissera le champ libre à un adversaire direct. Pour que le bon coup réussisse, il est essentiel qu'il n'y ait pas de coureur à enjeu dans l'échappée. Il y faut ensuite un ou deux gros moteurs et aussi peu que possible d'équipiers de leader qui sucent les roues sans jamais prendre le moindre relais. Il faut y croire, il faut s'entendre bien et ne pas rechigner à la tâche, au moins jusqu'à

500 mètres de l'arrivée, et il faut jouir de la mansuétude des grands du peloton.

→ Voir *Wagon*.

« On laisse des plumes dans les bons coups. C'est rare d'être dans deux bons coups de suite. Des fois on le voit partir, on sent que c'est le bon, mais on peut plus se lever le cul. Il suffit pas de voir, il faut pouvoir » (Raymond Poulidor, *Courir derrière*).

Bon de sortie

Avoir un bon de sortie, c'est un peu le contraire d'avoir la pancarte. C'est bénéficier, pour un jour, de la bienveillance des Grands. Lorsque la course a un patron et que certaines étapes sont sans enjeu pour le classement général, le patron peut accorder un bon de sortie à un équipier, à un adversaire à qui il veut plaire, à un régional qui veut briller chez lui, au gré des alliances et des circonstances de course, au gré des exigences du spectacle. Le coureur qui a le bon de sortie a le droit d'attaquer. Il sait que le patron ne fera pas rouler sur lui, mais tout le reste se fera à la pédale. Lorsqu'un Français gagne l'étape du 14 juillet, a-t-il eu un bon de sortie ou était-il survolté par le souvenir de la Révolution ? Peut-être Lance Armstrong a-t-il la réponse.

Bonnes jambes

→ Voir *Avoir les jambes*.

Bordure

Lorsque le vent souffle de côté, les coureurs, au lieu de se mettre l'un derrière l'autre, se placent côte à côte pour s'abriter. La largeur de la route n'étant pas extensible, ils doivent constituer plusieurs rangs successifs : ce sont les bordures. Dans chacune d'entre elles, les places sont chères et les rangs serrés. Changer de bordure est quasi impossible parce que le vent souffle et qu'il faut l'affronter seul et, surtout, parce que les places sont comptées et qu'il est souvent impossible de se glisser dans une bordure déjà formée.

La bordure devient donc une arme redoutable. Un favori qui n'a pas su se glisser dans la première bordure au moment de sa constitution peut se retrouver piégé dans une bordure éloignée et ainsi perdre le contact avec la tête de la course.

La bordure peut être un tel piège que l'on dit aujourd'hui « faire un coup de bordure », c'est-à-dire piéger son adversaire dans une bordure en arrière. L'homme fort, prévoyant la rudesse du vent, se projette en avant avec quelques équipiers et surprend ses adversaires, qui se retrouvent dans une inconfortable et épuisante position de chasse. C'est devenu le coup du père François des étapes ventées. Vinokourov en infligea un modèle du genre à Christophe Moreau dans le Tour de France 2007 : dans le grand vent d'ouest, il organisa une bordure offensive en tête de course ; Moreau se laissa surprendre et se retrouva enfermé dans une des dernières bordures du peloton, impuissant.

L'exercice de la bordure est réservé aux professionnels qui roulent sur toute la largeur d'une route fermée. L'amateur, lui, est condamné à expérimenter la « micro-bordure », celle que l'on dessine à deux ou trois sur le côté droit de la chaussée. Là, le cycliste doit se faire marin pour toujours sentir d'où le vent vient.

Boucher un trou

Rejoindre un ou des coureurs qui ont pris quelques longueurs d'avance. Il s'agit de produire un effort violent, très vite, afin que le trou ne se transforme pas en cassure, puis en échappée. Boucher un trou suppose une grande débauche d'énergie que l'on paie souvent plus tard. C'est pourquoi, lors d'une attaque, les coureurs restés derrière se regardent pour voir lequel se décidera à boucher le trou. Les autres, bien sûr, sauteront dans la roue de celui qui se dévoue pour rentrer avec lui sur les fuyards.

« Ils m'ont pris pour une pomme. J'ai bouché les quatre premiers trous et quand il y a eu le cinquième je les ai regardés. Personne n'a voulu se lever le cul, alors j'ai laissé filer. C'est comme ça qu'on se fait piéger et qu'on perd une course qu'on pouvait gagner » (Raymond Mastrotto).

Bouffée

Parce qu'il va plus vite que l'homme à pied et que ses perceptions en sont modifiées, le cycliste est sujet aux bouffées. Ce qui est dans la vie ordinaire une sensation claire et durable devient pour lui du fugitif, du transitoire, de l'explosif. C'est une bouffée d'air frais dans un passage à l'ombre, c'est une bouffée d'air chaud dans une descente, c'est une bouffée de violence soudaine dans une petite bosse où tout le monde accélère sans raison, c'est une bouffée de Tour de France à la radio au mois de juillet, quand on passe près des fenêtres ouvertes dans les villages ou des vitres baissées des voitures au feu rouge… Ce sont aussi des bouffées de regard : un animal entrevu dans le fossé, un titre sur un journal dans une vitrine, un morceau de paysage que le virage vous dérobe.

Lorsque les bouffées disparaissent, ce n'est pas

bon signe, c'est signe que la vitesse est retombée à celle du pas.

Bout droit

Tirer un bout droit, c'est prendre un relais résolu plus long que la normale, se porter en tête et foncer. En général, c'est ce que fait l'équipier pour ramener son leader sur le peloton ou sur une échappée. Ce peut être aussi ce que fait l'homme fort pour montrer sa force. C'est ce que font les lanceurs qui mènent le train pour leur sprinteur dans les ultimes kilomètres d'une course. Tirer un bout droit n'est pas à la portée du premier venu, c'est en général le fait des gros moteurs, des baroudeurs et des hommes en forme. Ce peut être aussi le cas des énervés : un jour que Merckx était en colère après un coup fourré dans la montagne, il a tiré un petit bout droit de 200 kilomètres en direction de Marseille sans demander de relais à personne et sans que personne revienne à la hauteur de son pédalier. Sans doute se souvenait-il du bel Hugo Koblet qui avait tiré son bout droit de 140 bornes en juillet 1951 entre Brive et Agen.

Personnellement, j'adore tirer des bouts droits lorsque je suis seul. Cela n'engage que moi et il me reste ensuite quantité de bouts tordus pour me refaire.

« Je dois tout à mon équipier : s'il ne m'avait pas tiré un bout droit, je sautais. Il s'est carbonisé pour moi, et ma victoire, elle est la sienne » (Erik Zabel, à Roubaix).

Braquet

Le braquet est le casse-tête du néophyte. En vérité, c'est le développement qu'utilise le cycliste, celui qui fixe la distance qu'il parcourt en un tour de pédale. Plus la route monte, plus le braquet doit être petit. On exprime le braquet par l'énoncé du nombre de dents du plateau avant et celui du pignon de la roue libre arrière : c'est ainsi que l'on peut monter en 42 × 22, rouler sur le plat en 42 × 16 et descendre en 52 × 14, par exemple. Il faut reconnaître que tout cela n'est pas d'une grande clarté puisque plus le braquet est petit, plus le pignon est grand – à l'arrière du moins, parce que c'est exactement le contraire à l'avant ! Cependant cela devient vite beaucoup plus simple lorsque l'on est dans une côte et qu'il faut trouver le développement qui vous permettra de monter. En matière de braquet, rien ne vaut l'usage.

C'est le 30 juin 1937 que les coureurs du Tour de France furent autorisés pour la première fois à changer de braquet. On leur accorda trois vitesses : la petite, la moyenne et la grande. Et encore certaines courses leur furent-elles réservées, les « poly-multipliées ».

Aujourd'hui, le moindre cycliste a entre 20 et 30 vitesses à sa disposition, selon qu'il possède à l'avant un double ou un triple plateau. Il peut donc adapter son développement à tous les profils de route. Il n'y a plus d'« excuse du braquet » possible. La dernière fut le fait de Raymond Poulidor, qui affirmait que s'il n'avait pas pu creuser l'écart avec Jacques Anquetil sur les pentes du puy de Dôme, en 1964, c'était à cause d'une erreur de braquet. Faute d'avoir reconnu la route (contrairement à ce qu'il avait affirmé à son entraîneur), il n'avait fait mettre par son mécano qu'une couronne de 25 dents là où il en eût fallu 26.

Les pistards, eux, ne s'embarrassent pas du surpoids des dérailleurs et autres roues libres. Ils ont un seul pignon fixe et pour accélérer ils tournent plus vite les jambes. Il est vrai qu'ils ignorent les souffrances de la côte et les vertiges de la descente.

« Le pire, c'est quand tu as usé toute ta roue libre, que tu ne peux pas mettre plus petit et que tu t'aperçois que tu n'avances pas. Là, tu es plié, les gars te dépassent, et tu sais que tu ne seras jamais dans le coup pour le sprint » (Freddy Maertens, *Sous la banderole*).

C

Cadre

Un simple coup d'œil au cadre suffit à dater un vélo. Le matériau et la coupe sont des éléments décisifs.

Longtemps l'acier a constitué le châssis idéal. Résistant, souple et rigide, il n'a que son poids pour défaut. Il possède également le mérite de l'élégance et de la finesse, ce qui, pour le spécialiste, n'est pas un détail. D'abord à empattement long pour offrir un plus grand confort sur des routes incertaines, il s'est peu à peu raccourci, pour un meilleur rendement. La roue arrière s'est rapprochée de la barre verticale du cadre, la fourche s'est redressée, la coupe générale s'est rapprochée du carré. Selon les usages, les grands fournisseurs comme l'anglais Reynold's, le français Vitus ou l'italien Colombus ont proposé des épaisseurs de tubes variant de 4 à 7 millimètres. La taille extérieure restant toujours la même, l'apparence générale était de finesse et d'homogénéité.

Après l'acier, l'aluminium, d'abord en tubes collés puis en soudés. L'allure du cadre change : pour des raisons de résistance des matériaux et de rigidité, la boîte de direction et le tube oblique grossissent de façon spectaculaire. Le cadre perd de son homogénéité et devient un objet visiblement technologique.

Après l'aluminium, le carbone. La forme reste la même mais le poids diminue encore. Le poids du cadre devient marginal dans le poids de l'ensemble de la machine. Matériau très réactif, le carbone donne au vélo une tension qui restitue l'énergie du cycliste au moindre de ses efforts. Pour le fabricant, il est une aubaine puisque le cadre peut être moulé et ne nécessite plus le savoir-faire des monteurs et des braseurs de l'acier.

Reste le titane, matériau cher, léger, réactif, increvable et difficile à travailler. Très confortable à l'usage, très facile d'entretien, il est coûteux et séduit davantage les cyclosportifs et les cyclotouristes chic que les coureurs.

Devant cette poussée technologique, on ne peut que se réjouir de l'évolution du règlement des courses. Autrefois, le coureur devait réparer lui-même sa machine, et Eugène Christophe soudant sa fourche dans une forge de hasard à Sainte-Marie-de-Campan, dans les Pyrénées, en 1913 est resté comme une image emblématique de la dureté du règlement. Que diable pourrait-il faire aujourd'hui pour une fourche en carbone ?

« D'abord c'est beau, c'est poétique par soi-même, cet engin. Il faut aimer ses roues, aimer ses jantes, aimer l'acier et ses formes dans une authenticité qui exalte » (Charles-Albert Cingria).

Cale-pied

Quoi qu'on fasse et quoi qu'on dise, il y a de moins en moins d'êtres humains à savoir ce qu'est un cale-pied. Les pédales automatiques ont rayé ce bel accessoire de la carte cycliste.

Le cale-pied était une petite niche métallique (ou plastique, sur le tard) ajourée dans laquelle le cycliste glissait son pied afin de le caler sur la pédale. Le pied venait donc buter en avant et ne pouvait glisser, même en cas de poussée vigoureuse. Afin que le maintien soit complet, on adjoignait au cale-pied une courroie qui serrait le cou-de-pied et interdisait les glissades en arrière. Le pied cycliste se retrouvait donc en cage, en muselière plus exactement. Dans les moments décisifs – à l'heure du sprint par exemple, ou avant un démarrage en côte –, on serrait les cale-pieds pour bien bloquer la transmission. Pour améliorer encore le dispositif, on clouait sous les chaussures des petites cales à rainure qui bloquaient la pédale. Ces cales, lorsqu'elles étaient mal clouées, ont longtemps semé la tendinite dans les pelotons. Et la répétition d'une mauvaise position est un drame sournois pour le genou.

Dans un souci d'encore plus grande immobilité, les pistards utilisaient *deux* courroies de cale-pied qu'ils serraient à mort jusque sur la ligne de départ. C'est pour cette raison qu'on les voyait toujours, dans leurs instants de malheur, glisser le long de la pente abrasive du vélodrome, le vélo inéluctablement attaché à leurs malheureuses pattes.

Aujourd'hui, les pédales automatiques n'imposent plus de cage, plus de courroies. Le pied jouit même d'une petite liberté angulaire qui ménage les genoux, tout en restant bloqué comme par une fixation de ski qui peut sauter par torsion en cas de danger. Le seul inconvénient du système est que ce sont les chaussures elles-mêmes qui, par souci de rigidité, sont devenues des carcans.

« Attends, ne me demande pas pourquoi je fais deux, dis-moi plutôt le nom du nanar qui m'a desserré la courroie de cale-pied à 300 mètres de la ligne ! » (André Darrigade, *La Tête dedans*).

Camion-balai

Le camion-balai est cette camionnette maussade à qui l'on donne pour mission de fermer la route. Elle balaie la chaussée de ses coureurs inutiles. Si l'on se trouve juste devant elle, on est en détresse, juste derrière, on est hors délais. C'est dans le camion-balai que s'entassent les battus du jour, ceux qui ont abandonné et que l'on a abandonnés, les sans-espoir, les douloureux, les tristes. Pour rien au monde je ne voudrais conduire un pareil attelage.

Carrefour de l'Arbre

L'une des terribles zones pavées de Paris-Roubaix. Longue de 2 100 mètres avec des pavés particulièrement inégaux, elle se situe au point stratégique de la course. Les coureurs qui passent le Carrefour de l'Arbre ont de bonnes chances d'arriver. Ceux qui, comme George Hincapie en 2006, cassent leur guidon et chutent lourdement en sont quittes pour aller directement à l'hôpital en ambulance.

« Le carrefour de l'Arbre, c'est le dernier morceau qui se fait à la jambe. Si on ne te largue pas là, on aura du mal à te larguer après, si t'es pas trop con » (Marc Madiot, *L'Équipe*).

Casque

Le casque, qui a été longtemps l'apanage d'un seul routier, le bien-surnommé Tête-de-Cuir, *alias* Jean Robic, s'est peu à peu répandu jusqu'à devenir obligatoire. À l'origine, il était composé de bananes de mousse recouvertes de cuir et reliées entre elles par des lanières. L'objectif étant de combiner protection, légèreté et aération.

Aujourd'hui, les casques sont en matière plastique moulée qui leur donne une allure profilée et colorée un peu envahissante. Il est désormais quasi impossible de reconnaître un coureur sous son casque, et pour peu qu'il porte également des lunettes noires, le voici opaque. Le peloton se transforme en un bataillon de soldats inconnus. Même les coureurs fraîchement sortis du métier que l'on recrute à la télévision pour tirer les journalistes de l'embarras mélangent gaillardement leurs anciens collègues.

Le casque est pourtant devenu le complément indispensable des ronds-points, des gendarmes couchés, des trottoirs à bord vif, des descentes à fond les manettes et des sprints de folie, qui sont le lot du cyclisme moderne. Pendant un temps, les coureurs ont demandé à ne pas le porter dans les montées, et ils ont fini par s'y faire.

En vérité, on le porte toujours d'une façon un

peu ambiguë. Un jour que j'avais oublié le mien après des années de fidélité, j'ai redécouvert une forte sensation de liberté – le vent dans les cheveux sans doute, la sueur qui sèche aussitôt sur le front, la liberté du cou dégagé de la mentonnière –, et puis, au fil du temps et des kilomètres, sont venues la sourde inquiétude de la chute et la petite chanson « ce serait trop bête ». Juste ce qu'il faut pour y penser la prochaine fois.

CASQUETTE

Longtemps la casquette a fait le champion. En toile avec une petite visière, elle avait ses coquetteries : certains relevaient la visière pour que la marque qui y était inscrite reste bien visible, d'autres la portaient en arrière pour se protéger la nuque des ardeurs du soleil ou se donner plus d'aérodynamisme dans la descente. Lors des étapes brûlantes du plein été, les paysans du peloton glissaient dessous une feuille de chou qui venait leur battre les épaules. Certains, plus urbains, fixaient là un mouchoir qui leur donnait un petit air de seigneurs du désert.

On pouvait également la tremper dans l'eau au hasard des fontaines, ou l'asperger avec le bidon. Elle était un signe distinctif et, dans le Tour de France, l'équipe qui occupait la tête du classement général portait traditionnellement des casquettes jaunes.

À quelques mètres de l'arrivée, Hugo Koblet, le Pédaleur de Charme, jetait la sienne aux spectateurs pour se donner un coup de peigne avant de franchir la ligne. Les autres coureurs faisaient de même, mais seulement pour s'alléger à l'approche du sprint. Casquettes et bidons voltigeaient, pour le plus grand bonheur des spectateurs.

En 1954, au sommet du col de Romeyère, Federico Bahamontes, qui était monté en tête, s'arrêta, à la surprise générale, pour manger une glace à la fraise. Au spectateur qui l'aida à négocier avec le marchand, qui ignorait l'espagnol, Bahamontes offrit généreusement sa belle casquette de l'équipe d'Espagne. Elle était une monnaie d'échange.

Puis vint le casque obligatoire, qui la repoussa au rang des souvenirs. Finies, les coquetteries : les coureurs ne portent pas le casque à l'envers et ne le lancent pas en l'air – ils auraient plutôt tendance à serrer la jugulaire.

Curieusement, les spectateurs n'ont pas perdu le goût des bonnes vieilles casquettes cyclistes. La caravane publicitaire en distribue des centaines, et ce sont maintenant les spectateurs en casquette qui regardent défiler les coureurs casqués.

Champs-Élysées

C'est en 1975 que les Champs-Élysées ont détrôné la piste de la Cipale, qui avait elle-même détrôné le Parc des Princes en 1968, pour devenir le théâtre de la dernière étape du Tour de France. Le choix est incontestablement grandiose et télégénique. Les caméras ne se lassent pas de lécher les façades, de se piquer à l'Obélisque et de s'offrir un 180 degrés au-dessus de l'Arc de triomphe.

Pour les coureurs, c'est un parcours sournois : à chaque Tour, 1 900 mètres de côte qui ne s'avoue pas comme telle et qui monte pourtant, 3 800 mètres de pavés qui font rire les habitués de la tranchée d'Arenberg mais qui sont pourtant des pavés, le tout avec 3 000 bornes dans les pattes et une furieuse envie d'en terminer.

Pour avoir escaladé cent fois cette belle avenue, je puis garantir qu'elle monte et que, souvent, le vent venu de la Défense s'en donne à cœur joie pour aggraver la pente.

Les coureurs utilisent les recoins, les caniveaux, les plaques de goudron pour tenter d'obtenir un meilleur rendement.

Si le début de la dernière étape du Tour est traditionnellement paisible, voire joueur, à partir de l'entrée sur les Champs les choses deviennent sérieuses. En règle générale, le terrain est favorable aux sprinteurs les plus majestueux, ceux qui donnent dans le long et dans le large, mais les patrons ne dédaignent pas d'inscrire leur nom au palmarès. Bernard Hinault y a gagné deux fois, Vinokourov une. Greg LeMond aussi, mais il est vrai qu'il était seul contre sa montre et qu'il a remporté le Tour ce jour-là avec 8 petites secondes. Cela vaut bien un Arc de triomphe.

Chasse à la canette

La chasse à la canette appartient au cyclisme d'autrefois, du temps où les directeurs sportifs n'avaient pas le droit de ravitailler leur équipe pendant la course. Les jours de grosse chaleur, le maigre contenu des bidons, remplis le matin, ne suffisait pas et tous les moyens étaient bons pour boire un coup et se rafraîchir. Le peloton se dispersait dans les fontaines où il buvait, pataugeait et s'aspergeait. Les coureurs quémandaient auprès des supporters alignés au bord de la route ou se précipitaient dans les épiceries, d'où ils ressortaient les poches pleines sans payer, prétextant qu'ils avaient une course à faire. On a même vu quelques coursiers plonger dans la mer pour un instant de fraîcheur (et une pincée de sel). Le problème avec ces boissons de hasard était que l'on n'en contrôlait pas toujours le contenu. Le brave Abdelkader Zaaf en fit les frais du côté d'Albi un jour de canicule. On lui offrit une topette de vin rouge qu'il but et qui lui fit un effet bœuf, puisqu'il reprit la course à contresens, et une réputation d'ivrogne parfaitement imméritée pour un sobre musulman.

Ayant tout loisir de m'arrêter au prochain bistrot lorsque je pédale, je n'ai eu l'occasion de chasser la canette qu'une seule fois dans ma vie. J'étais enfant et je traversais le grand plan de Canjuers dans la roue de mon père en plein août. Comme j'étais déshydraté, nous demandâmes un peu d'eau dans une ferme. La fermière nous claqua sa porte au nez. Je suis donc rentré bredouille et assoiffé de ma première et dernière chasse à la canette.

Chasse-patate

Se retrouver en chasse-patate, c'est se retrouver dans une position inconfortable entre les échappés et le peloton. La position est particulièrement délicate parce qu'elle est indécise et que les options sont peu nombreuses. Les chances de rentrer sur le groupe à l'avant sont minces, et se laisser reprendre par le peloton, c'est accepter de perdre une avance chèrement construite.

« Si c'est pour rentrer tous les soirs en chasse-patate, je préfère bâcher » (Richard Virenque, un soir de déprime sur les pavés du Nord).

« Il faut être devant ou derrière, jamais entre les deux » (Laurent Jalabert).

CHUTE

On peut tomber de vélo et en mourir, comme Casartelli en 1995. On peut tomber, survivre et ne pas s'en remettre, comme Roger Rivière, fracassé dans la descente du col de Perjuret et qui mena ensuite une existence de zombie blessé, ou comme Beloki, qui a valsé dans une descente, s'est relevé, est reparti mais n'a jamais plus retrouvé son ardeur.

On peut aussi tomber et tomber et repartir et repartir. Robic en est l'exemple le plus frappant : 1944, fracture du crâne dans Paris-Roubaix ; 1946, rebelote ; 1948, fracture de la main à Courtrai ; 1950, blessure aux yeux (lunettes brisées) au Giro ; 1952, deux fractures de la clavicule : lors d'un cyclo-cross à Buc puis sur piste à Ancenis ; 1953, déplacement de vertèbres au Tour de France ; 1954, fracture de l'omoplate au Tour de France ; 1956, fracture du fémur à l'entraînement vers Rambouillet… Et pourtant il roule.

Il faut un degré de virtuosité exceptionnel pour rouler dans un peloton déchaîné. Les coureurs ont des codes de comportement très stricts. Comme ils ne voient à peu près rien de ce qui se passe devant eux dans le peloton, ils ont l'oreille tendue, à l'écoute des coups de freins et des cris d'avertissement. Ils doivent être capables de s'imposer et de s'effacer à la fois. Les décisions se prennent en un éclair, qui peuvent avoir des conséquences terribles. Lorsque l'on voit le peloton se déformer, s'étirer et se reformer au gré des rétrécissements de la chaussée, on a du mal à imaginer la quantité de coups de freins et d'accélérations brutales que ces ondulations représentent. La vitesse du peloton qui s'approche de l'arrivée parmi les obstacles que l'on s'acharne à construire à l'abord des villes – trottoirs, ronds-points, séparateurs, ralentisseurs – fait que les chutes sont d'une violence de plus en plus grande et d'une fréquence de plus en plus élevée. Tomber à 60 à l'heure sur le goudron est une expérience cuisante. Tomber sur cinquante camarades et leurs cinquante bicyclettes est une occasion unique de s'infliger mille plaies. Être dans le peloton et y travailler est un honneur de virtuose.

Même au sommet de la virtuosité, il faut avoir de la chance. On peut casser une manivelle comme Fignon (ce qui n'arrive jamais) et tomber, on peut au contraire dévaler un pré dans la descente d'un col à 50 à l'heure et repartir sur la route en contrebas, sans une égratignure, comme Armstrong. Il y a des gens qui ne tombent jamais. Des chats. Et puis il y a les autres, les chiens, les vaches et les cochons, qui tombent tout le temps.

Je ressortis, hélas, à cette dernière catégorie et ma collection de chutes est impressionnante. En outre, c'est une collection privée qui ne doit rien à la maladresse du peloton. Tout le mérite me revient, à moi seul. Mais il n'y a rien à faire, chaque fois que je me réveille à l'hôpital, c'est pour compter les jours qui me séparent du moment où je pourrai y retourner…

« J'aime les accidents de vélo. Un automobiliste ouvre brutalement sa portière du côté de la chaussée. On est projeté sur le sol. La tête éclate contre le pavé. Dispersion lumineuse et vide, proche du bonheur. Aucune pensée. Une pastèque irresponsable, écarlate.
– Ça va ?
– Évidemment non »
(Laurent Danon-Boileau, *Sur mon vélo*).

Classe

La classe ne se fabrique pas. On l'a ou on ne l'a pas. On peut se donner la forme, on peut s'améliorer, on peut progresser sur tous les terrains, on peut travailler sa position sur la machine, mais jamais on ne se donnera la classe si on ne la possède pas. Elle est un assemblage magique d'esthétique, de force, de générosité et de tempérament qui fait du cycliste un être parfait en machine et un homme royal. Certains individus sont nés pour aller à vélo et cela saute aux yeux. Leur façon d'être en machine est superbe, mais cela ne suffit pourtant pas. Pour avoir la classe, la vraie, il faut des qualités démonstratives et humaines supplémentaires qui peuvent même être parfois augmentées d'un léger dédain pour la bicyclette.

On donne le plus souvent pour modèle le grand Jacques Anquetil. Il est vrai qu'il était grandiose. Fluidité, aucun disgracieux débordement d'attitude dans l'effort, une position toujours parfaite et une apparente complicité avec le vent. Il était l'exemple indépassé de la classe classique.

Mais il existe d'autres façons d'avoir la classe. Indurain était un modèle de cycliste sculptural, on le sentait posé comme une statue grecque pour l'éternité sur son vélo de marbre dans cette position assise, les bras cassés, qui lui allait si bien qu'il n'en changeait jamais, fixant ainsi pour toujours son image. Bernard Hinault, sans être un pur félin, avait sur son engin une attitude d'une telle efficacité et qui donnait un tel sentiment d'équilibre et de force, une telle énergie que l'on ne pouvait pas lui refuser la classe.

Parfois même une attitude baroque, lorsqu'elle est assumée et qu'elle devient mythique, peut paraître en fin de compte classieuse. Je pense à l'étrange position de Fausto Coppi, assis loin en arrière, assez bas, ses longs bras tendus devant lui. Inimitable.

Il n'y a pas que les coureurs qui ont la classe. Il

n'est pas nécessaire de rouler huit heures par jour et trois cent cinquante jours par an pour se donner une belle attitude. J'ai toujours eu un bonheur sans mélange à partager la route avec Louis Nucéra, tant il était élégant en machine, avec Jean-Louis Ezine et ses longues pattes… On peut être écrivain et avoir la classe à vélo.

« J'en ai connu des classieux, des Merckx, des Indurain, des Hinault, des Moser, mais des classieux comme Anquetil, il n'y en avait qu'un » (André Pousse, *Sur le Pousse*).

Cocottes

À l'origine, les manettes qui commandent les freins étaient posées un peu au hasard sur le guidon. Bientôt elles ont trouvé leur place à l'avant et sont devenues plus ostensibles. Mafac, le premier, les a agrémentées d'une coiffe en caoutchouc entérinant l'usage de repose-mains qu'en faisaient les cyclistes pour s'étirer l'échine, lutter contre le vent ou se dresser en danseuse sur les pédales. Elles ont alors été baptisées « cocottes », à cause de leur forme.

Aujourd'hui, elles sont une véritable petite usine. On peut toujours y freiner, mais on peut également y monter et y descendre les vitesses d'un simple petit coup de doigt, sans avoir à glisser la main le long de la barre du cadre. La tentation est donc grande de séjourner longuement sur les cocottes. C'est pour cette raison que Campagnolo et Shimano leur ont donné une forme ergonomique et confortable où il fait bon s'installer pour bricoler et piloter son engin.

« On frottait tellement sur la fin de l'étape que j'ai bien cru qu'il allait mettre sa cocotte dans la poche de mon maillot » (Paolo Bettini, *Vent latéral*).

COINCER

Coincer, c'est ne plus pouvoir. Il existe mille façons de coincer et chaque cycliste en expérimente de nombreuses au cours de sa carrière. On coince n'importe où, n'importe comment. On coince dans une bosse que d'ordinaire on avale sur le grand plateau, on coince dans le col que l'on préfère, on coince dans une petite sortie pépère du dimanche matin, on coince au détour d'un virage sur une petite route paisible. En général, on met les mains en haut du guidon et on laisse filer, à bout de forces. Coincer est imprévisible, sinon on ne coincerait pas. Coincer est désagréable physiquement puisqu'on se retrouve sans force, mais coincer est aussi moralement difficile puisqu'on se retrouve sans désir. Ensuite, c'est selon : ou bien on s'enfonce dans un vrai coup de pompe ou bien on se décoince peu à peu et on se refait la cerise. Dans tous les cas, l'étendue des dégâts est considérable.

« J'étais moelleux depuis le matin, je volais dans les talus, j'étais largement le plus costaud des quatre dans l'échappée, et voilà que je coince à dix bornes de l'arrivée ! Je finis cuit. Je fais quatre, mais c'est tout juste si je suis pas repris par le peloton » (Miguel Martinez, à l'arrivée du Critérium d'Apremont).

Col

Dans un premier temps, on a pensé que les cols étaient des passages en altitude qui servaient à relier une vallée à une autre en pays de montagne. Ensuite, on a compris qu'ils étaient tracés en vérité pour y faire passer les coureurs cyclistes. Il s'agit, en règle générale, de montées terribles, longues de 15 à 40 kilomètres, torrides au pied, glacées au sommet, inconfortablement goudronnées (lorsqu'elles le sont), étroites et dangereuses, souvent battues des vents et des pluies, agrémentées de neige. Les professionnels en franchissent trois ou quatre par jour pour faire bonne mesure et pour créer ce pour quoi le col existe : des écarts.

L'histoire des grands Tours s'écrit dans les cols où les grimpeurs tentent de refaire le temps perdu dans la plaine sur les rouleurs. Pour qu'un col soit décisif, il est impératif que la ville d'arrivée ne soit pas trop éloignée de son pied. C'est la proximité de l'Izoard qui a fait la gloire de Briançon, c'est l'ombre du Restefonds qui fait la notoriété de Jausiers.

Attention, il ne faut pas confondre col et montée. La route vers l'Alpe-d'Huez, qui ne mène nulle part, est une montée, comme le plateau de Beille, comme Sestrières. Le Ventoux lui-même, avec ses trois routes, n'est qu'une montée de 21 kilomètres. Mais quelle montée !

Combine

Toutes les combines imaginées et imaginables sont dans la nature cycliste. Depuis les plus anodines, qui relèvent presque du coup de main ou de l'amitié, jusqu'aux plus obscures, dont les tenants et les aboutissants se perdent dans le Grand Secret.

Certaines ressortissent presque à l'esprit chevaleresque : un leader qui laisse une victoire à un de ses lieutenants pour le remercier des services rendus, un coureur bien placé au classement général, échappé avec un moins bien placé, qui lui abandonne la victoire d'étape en échange d'un coup de main pour gagner de précieuses secondes. Rien que du compréhensible.

Si l'on s'enfonce d'un cran dans la combine, on

entre dans l'inavouable, dans un monde dont seul le peloton connaît les usages. Des coureurs bien placés vendent leurs chances de victoire contre de l'argent. On raconte qu'un coureur a négocié jusqu'au bout en roulant les mécaniques avec un compagnon d'échappée qui voulait gagner à tout prix ; lorsqu'il a obtenu la somme qu'il espérait, il s'est effondré, épuisé, dans le fossé. Chez les amateurs, ce sont des mafias qui se constituent pour ramasser le maximum de primes et les partager ensuite au détriment des jeunes talents qui voudraient forcer la porte. Quand les directeurs sportifs s'en mêlent, ce sont des équipes entières qui viennent épauler un « adversaire »…

L'inventaire exhaustif est impossible à dresser. S'il existait, il serait humain mais sûrement peu reluisant.

Compter les pavés

Compter les pavés, c'est rouler au ralenti, et pas seulement dans Paris-Roubaix. En bout de Tour de France, après trois semaines d'efforts, on en voit même qui les comptent sur les Champs-Élysées. Les pavés y sont petits, nombreux, et ils ont de quoi faire.

Concours de grimaces

Le concours de grimaces commence avec les affaires sérieuses, généralement au pied d'un col. Là, plus question de faire de la dentelle ou de l'esthétique, l'heure de la souffrance a sonné. On va commencer à pédaler avec les oreilles et faire la vilaine figure, plus question de donner le change et de faire le beau, tout le monde est dans le dur. Cette expression a été inventée par Bernard Gauthier, M. Bordeaux-Paris, qui s'y connaissait en matière de visage torturé.

« Je me foutais d'être beau ou pas. Fallait que ça avance. Si tu avais vu ce concours de grimaces… » (Bernard Gauthier).

Contre-la-montre

Il serait plus exact de définir le contre-la-montre comme une course contre soi. Dans une épreuve contre la montre, le coureur est seul. Il ne peut profiter d'aucun abri et n'a pas le droit de tenter le moindre regroupement. Il part 3 minutes derrière un coureur et il sait que 3 minutes plus tard on en lâchera un autre derrière lui. Si d'aventure il rejoint celui qui le précède, il doit le doubler au large sans jamais profiter de son abri. Le coureur qui a fait le meilleur temps sur le parcours a gagné.

Longtemps les coureurs ont affronté cette épreuve avec leur matériel habituel. Depuis le début des années 90, ils utilisent un matériel spécifique qui ne sert que lors des prologues et des étapes contre la montre. Le vélo est profilé, il porte un guidon très bas qui ajoute à l'aérodynamisme, ses roues sont lenticulaires pour mieux pénétrer dans l'air, les manivelles sont longues pour donner un plus grand bras de levier et permettre d'entraîner de plus grands braquets. La position est particulièrement éprouvante, car le buste est très cassé, et il n'y a pas moyen d'en changer pour prendre un instant de repos. D'ailleurs le repos n'est pas au programme, l'épreuve se parcourt à fond.

Le coureur lui-même est profilé, il porte un casque spécial à visière, très allongé vers l'arrière, une combinaison complète avec des manches longues et un revêtement de surface propre à laisser glisser l'air. Parfois, les chaussures sont elles aussi recouvertes, pour ne pas faire de traînée aérodynamique.

La position très cassée du buste combinée à l'énormité des braquets qu'il faut entraîner provoque des douleurs caractéristiques dans les muscles fessiers. Les lendemains de contre-la-montre sont des jours où il est souvent difficile de s'asseoir.

Coppi, Fausto (1919-1960)

Taillé en lame de couteau, Coppi jouissait de la bienveillance des vents. Assis loin en arrière sur sa selle, les bras tendus vers le guidon, ses immenses jambes à demi dépliées, il donnait l'impression d'être sans tronc. Mais dans ce buste étrange et court se cachait un des plus gros moteurs jamais vus dans le peloton. Le cœur y battait à 44 pulsations / minute et les poumons avalaient 6,5 litres d'air frais par bouffée.

Coppi a tout gagné avec panache. Il fut le premier à doubler la victoire dans le Giro et le Tour de France la même année, son record de l'heure tint des lunes avant que Jacques Anquetil en personne s'en occupe. Coppi était fort sur tous les terrains, mais c'est dans la haute montagne qu'il donnait le plus beau de lui-même. Il se lançait dans des épopées solitaires impossibles et il gagnait.

On sait trop peu qu'il se prénommait en vérité Angelo. L'Ange de la Montagne, cela aurait dû être lui.

L'homme était sur son vélo, loin devant le peloton ou loin derrière, les jours d'indifférence ou de grande lassitude, mais il était aussi dans la vie de son temps et de son pays. Opposé à Gino Bartali le chrétien (Gino le Pieux), il représentait dans leur duo à la Don Camillo et Peppone la gauche italienne.

Toute sa vie a été en noir et blanc, à l'image du néo-réalisme italien : noire comme la mort de Serse son frère aimé, noire comme les lunettes du masseur aveugle qui l'accompagnait toujours et lui préparait ses poudres obscures, noire comme ces interminables courses de trop dont le besoin d'argent lui faisait prendre le départ, noire comme l'Afrique où il prit la malaria qui devait le tuer. Blanche comme les fleurs du bouquet de la victoire, blanche comme la pierraille du Ventoux et de la Casse déserte où il construisait ses succès, blanche comme la Dame Blanche, sa maîtresse interdite, qui le suivait partout, blanche comme le pur bonheur d'être le seul et l'unique Campionissimo.

CÔTE D'AZUR

La Côte d'Azur est la bande bleue qui se trouve au bas de la piste du vélodrome et qui délimite la zone dans laquelle les coureurs peuvent rouler. Au-dessus de la ligne bleue, ils sont au travail, dans le bleu ils sont en vacances.

COUP DE CUL

Une petite bosse sèche.

→ Voir *Talus*.

Coup de moins bien

Avoir un coup de moins bien, c'est traverser une mauvaise passe. Rien à voir avec le coup de pompe qui vous sèche pour le compte ; simplement une défaillance passagère qu'il faut subir avec calme. Manger, boire, se faire oublier, se tenir à l'abri, le temps de se rebecqueter, avant de repartir aux avant-postes. L'essentiel est de pouvoir rester dans le rythme et ne pas passer par la fenêtre, sinon, l'addition pourrait être très lourde.

Jacques Anquetil était un spécialiste de ces coups de moins bien. Au lendemain de soirées un peu arrosées ou prolongées, il attaquait la course dans un potage épais. Au fil des kilomètres, il se refaisait pourtant la cerise et ceux qui l'avaient donné pour mort dans les premiers kilomètres le revoyaient venir en tête à l'heure de l'arrivée.

« Au moment où ils sont sortis devant, j'avais un coup de moins bien et j'étais heureux de pouvoir simplement rester dans le paquet, alors tu parles que je n'ai même pas rêvé de les suivre ! » (Raymond Poulidor, *Courir derrière*).

Coup de pompe, coup de lattes, coup de buis

Les expressions abondent pour signifier la défaillance qui attend chaque cycliste à tout moment de son parcours. Toutes sont des « coups », tant la défaillance est soudaine et brutale. Elle peut frapper à chaque instant sans prévenir et vous laisser sans force sur la route, disposé à offrir votre vélo au premier passant, à vous coucher dans le fossé et à vous demander pour quelle raison bizarre l'idée vous est venue un jour de monter sur une bicyclette.

Dans le Tour 1957, Federico Bahamontes prend un coup de pompe terrible, Luis Puig, directeur sportif de l'équipe d'Espagne, tente de le convaincre de poursuivre :

« Federico, il faut continuer pour ta maman…

– Non.

– Pour ta femme…

– Non.

– Pour l'Espagne…

– Non.

– Pour Franco…

– Non. »

COUPER

Couper, c'est renoncer, pour des raisons stratégiques, à une entreprise. On peut décider de lancer une échappée et puis brutalement couper lorsqu'on se rend compte que l'on est en train d'emmener des adversaires dangereux avec soi. On peut également, dans une montée ou une grosse bagarre, se porter en tête et couper pour casser le rythme des adversaires.

Couper, c'est également observer une césure longue dans la saison. On peut couper entre les Flandriennes et le Tour, par exemple, pour se refaire une santé et du jus. Ou encore couper quelques semaines consécutivement à une blessure.

« Je ne comprends rien à leur façon de courir. Il est parti comme une balle avec douze mecs sur son porte-bagages, il a tiré un bout droit énorme et puis il a coupé » (Charly Mottet, *Descendre à fond*).

« Philippe Gilbert est parti à cinquante bornes de l'arrivée. Je lui ai dit de couper, mais heureusement l'oreillette ne marchait pas. Il a fait un truc » (Marc Madiot, directeur sportif de Philippe Gilbert, à l'arrivée du Het Volk 2008).

Coupe-vent

Le meilleur coupe-vent fait 1,90 mètre et 85 kilos, roule à 30 à l'heure, se tient sagement devant vous, ne vous demande jamais de prendre le relais et se déplace du bon côté si le vent vient à tourner.

Sinon, lorsque le vent souffle et vous rabat la pluie dans le visage, il est sage de se munir d'un petit imperméable, dit aussi « coupe-vent ». C'est un achat d'autant plus rentable que vous pourrez également l'enfiler dans les descentes glacées des cols en été.

« L'imper coupe-vent, ça fait Cocotte-Minute. On est enfermé dedans, on perd ses sensations et on a l'impression de ne pas avoir de puissance. C'est bien quand ça ne roule pas vite, mais dans le final pour moi, c'est interdit » (Sylvain Calzati).

Couple

Il n'y a pas de plus grand champion que celui à qui les circonstances donnent un adversaire à sa démesure. Que seraient Anquetil sans Poulidor, Bartali sans Coppi, LeMond sans Fignon ? L'idéal est de trouver, pour le champion d'exception, un adversaire de niveau comparable mais de vertus contraires, et pas seulement dans la manière de pédaler. La bataille doit continuer dans la façon d'être. Dans la France encore rurale des années 60, Anquetil est l'aristocrate, le seigneur, il possède un château en Normandie, des automobiles de luxe, des femmes élégantes, une réputation de grande classe sulfureuse. Poulidor, au contraire, est le paysan dur au mal, discret, près de ses sous et sympathique, se liant volontiers. Quoiqu'ils partagent le même peloton et le même mode de vie, quoiqu'ils soient tous les deux portés sur l'élevage des vaches laitières, tout dans l'imagination populaire les oppose. Lorsque, épaule contre épaule dans la montée du puy de Dôme, en 1964, ils ne parviennent pas à se départager, ce sont deux mondes qui grimpent de conserve. Chaque supporter qui choisit son camp grossit le camp de l'autre. Parfois le duel dure tout le temps de deux carrières, d'autres fois les générations se succèdent et de nouveaux couples se forment : Bernard Thévenet fait irruption dans le destin d'Eddy Merckx, Laurent Fignon dans celui de Bernard Hinault. Mais toujours les amoureux du vélo et les journalistes cherchent à constituer des couples pour que les grandes batailles se transforment en un *mano a mano* qui garantit la clarté des débats et la plus grande lisibilité pour les non-spécialistes parmi les spectateurs. Sport individuel qui se court en équipe, le vélo est d'abord et avant tout un sport de couple.

« Bobet [...], froid, rationnel, ne connaît guère le jump : c'est un esprit fort qui fait lui-même sa besogne ; spécialiste de la forme, Bobet est un héros tout humain, qui ne doit rien à la surnature et tire ses victoires de qualités purement terrestres, majorées grâce à la sanction humaniste par excellence : la volonté. Gaul incarne l'Arbitraire, le Divin, le Merveilleux, l'Élection, la complicité avec les dieux ; Bobet incarne le Juste, l'Humain, Bobet nie les dieux, Bobet illustre une morale de l'homme seul. Gaul est un archange, Bobet est prométhéen, c'est un Sisyphe qui réussirait à faire basculer la pierre sur ces mêmes dieux qui l'ont condamné à n'être magnifiquement qu'un homme » (Roland Barthes, « Le Tour de France comme épopée », *Mythologies*, Seuil, 1957).

« Vient alors ce moment fugitif où les épaules des deux champions se touchent. Ça a duré deux secondes, trois tout au plus. Sur le cliché, on dirait qu'ils s'empêchent mutuellement de tomber. La laine de leurs maillots, gorgée de sueur, se mêle, fibre à fibre, l'histoire se tisse maille à l'envers, maille à l'endroit. Encore quelques mètres et les deux champions (Anquetil et Poulidor) n'en feront plus qu'un. Deux âmes dans une même étoile » (Philippe Brunel, *L'Équipe*, 13 juillet 1964).

Crampes

La crampe est une contraction brutale, involontaire et totale d'un muscle. À vélo, elle pose un sérieux problème puisqu'elle interdit le pédalage. Le cycliste saisi de crampes n'est plus un cycliste. C'est pour cette raison qu'un arsenal a été mis au point pour prévenir la terrible crampe : échauffement soigneux, hydratation fréquente, étirements répétés pendant l'effort. À l'approche d'un sprint, on voit souvent les coureurs se dresser sur les pédales pour se secouer les cuisses. Leurs cuisses vibrent. Je me suis toujours demandé si c'était pour tenter de leur éviter des crampes ou si c'était simplement pour se souvenir qu'ils en avaient et qu'ils allaient devoir s'en servir.

CUISSARD

Le cuissard est une des plus belles conquêtes du cycliste. À cause de ce qu'il montre, mais surtout à cause de ce qu'il ne montre pas. Il gaine la cuisse pour éviter que des plis inconfortables ne se forment sous la selle, provoquant des brûlures et des plaies. Surtout, il est tapissé, à l'intérieur, d'une « peau de chamois » qui apporte confort et protection. On l'enduit d'une crème antiseptique qui favorise la lubrification et prévient l'infection. À l'origine, le cuissard était en laine et s'alourdissait très vite de sueur. Il est aujourd'hui en Lycra, plus léger, vite sec, et son intérieur en peau synthétique intègre une couche de mousse. Tout cela ne transforme pas votre selle en fauteuil, mais protège de l'usure, des ampoules aux fesses et des terribles indurations.

« Ah ! la culotte, la culotte ! continuait-elle en plaisantant. Dire qu'il y a des femmes qui s'entêtent à garder leur jupe pour monter à bicyclette ! » (Émile Zola, *Les Trois Villes. Paris*).

CUIT, CUIT-MORT

Épuisé, vidé de ses forces après une défaillance ou après un effort prolongé : longue chasse, longue montée de col, répétitions des jours de course, maladie ou blessure. Lorsque l'on est cuit, si on décide de ne pas bâcher, il faut cacher sa condition, au risque de se faire flinguer.

La variante excessive de « cuit » est « carbonisé », et si vraiment vous êtes trop carbonisé pour aller jusqu'au bout, vous pouvez utiliser « carbo ».

« Si tu es costaud, fais croire que tu es cuit. Si tu es cuit, fais croire que tu es costaud » (Jean Stablinski, *Stratège*).

CYCLOSPORTIF

Le cyclosportif est un gros rêveur. C'est celui qui est le plus près d'être un coureur mais qui n'est pas un coureur. Il va vite, il est équipé comme un pro, parfois même mieux qu'un pro, il fonce, il tire des bourres, il s'entraîne comme un damné. Il préfère un bon chrono à un beau paysage et le Ventoux ressemble davantage pour lui à une montée d'une heure et cinquante-quatre minutes qu'à un tas de merveilleux cailloux. Il court derrière les grands rendez-vous qui ressemblent à des courses immenses – la Marmotte, l'Ardéchoise, la Bernard Hinault, la Jalabert, l'étape du Tour, et tant d'autres où il peut se mesurer. Ancien coureur, amateur de pointe, il a un mental et un physique de coureur.

C'est dans ce peloton-là que l'on trouve des quasi-professionnels. Des gars qui s'entraînent chaque jour, des chômeurs, des jeunes retraités, des lève-tôt, des couche-tard. Des « vaillants ». Ils avalent des dizaines de milliers de bornes et peuvent être très forts.

Cyclotouriste

Le cyclotouriste est un promeneur. Sa philosophie du vélo n'est pas celle du cyclosportif, et encore moins celle du coureur. Le vélo lui est un moyen de transport agréable et sain avec lequel il parcourt le monde sans souci de performance instantanée, sans envie de victoire sinon sur lui-même, sur les difficultés de la route et sur les éléments.

Sa machine tient compte de ses besoins. Elle ne vise pas à la seule légèreté. Elle fait la part du confort et des nécessités de porter du matériel pour être autonome. Elle fait la part des intempéries. Elle possède un ou plusieurs porte-bagages, elle a des garde-boue et de la lumière pour la route de nuit.

Les cyclotouristes aiment à voyager loin à une vitesse raisonnable. Ils sont dans l'économie et ménagent leurs forces pour atteindre leur objectif. Ils ne se ruent pas au-devant de la fatigue. Ils savent qu'elle viendra.

D

Danseuse

Le cycliste qui se met en danseuse a l'air de tout sauf d'une danseuse. Il se dresse simplement sur les pédales, et c'est sans doute l'ondulation de son postérieur qui lui a valu cette comparaison. La position en danseuse permet de peser de tout son poids sur les manivelles pour franchir un passage particulièrement pentu, par exemple, ou simplement démarrer et sprinter. En revanche, son rendement aérodynamique est exécrable, elle n'est donc utilisée que fugitivement. Cette position permet aussi de détendre le dos, d'étirer les muscles, de lutter contre les crampes.

Les grands esthètes du peloton, Anquetil, Coppi, Indurain, l'utilisent avec parcimonie.

« Arrivés dans le premier talus, ça sentait déjà la poudre. Tout le paquet s'est mis en danseuse et je me suis dit qu'on allait passer une sale journée. Il y a des jours comme ça dans le métier» (Gilbert Duclos-Lassalle, *Sous les pavés, la gloire*).

Dent de mieux

Comme tout ce qui touche aux braquets, l'affaire est compliquée. Lorsqu'on est dans les gros braquets qu'on utilise sur le plat, les couronnes de la roue libre sur la roue arrière montent dent par dent: 12, 13, 14, 15 dents. Quand on est à fond, que les jambes tournent à leur rythme maximal et que l'on veut encore accélérer, il faut augmenter le développement. Pour ce faire, on met (si on peut) la couronne inférieure, qui donnera quelques centimètres de plus à chaque tour de pédale. On passe de 14 à 13 par exemple, ce qui permet de passer de 8,48 à 9,13 mètres par tour de pédalier (avec 54 à l'avant). Il est à noter que le mal aux jambes qui va avec ne respecte pas toujours la progression arithmétique.

Cette opération qui consiste à mettre une couronne d'une dent de moins se définit entre cyclistes par l'expression «mettre une dent de mieux», sans doute en hommage au surcroît d'effort que l'opération va nécessiter, mais certainement pas au nom de la clarté. Le peloton a ses secrets et tient à ses mystères.

Le sens s'est élargi et on dit parfois d'un coureur très fort qu'« il a une dent de mieux ».

DÉPOSER

Déposer un adversaire, c'est le dépasser ou le lâcher si vite qu'il perd la sensation d'avancer. Il se sent soudain comme un colis, déposé là, au bord de la route. Se faire déposer n'est pas fameux pour le moral.

DERNY

Roger Derny, inventeur de vélos motorisés, a donné son nom à cet étrange engin, mi-mobylette mi-saint-bernard, avec son réservoir sous le guidon comme un tonnelet et son moteur entre les bras du cadre. Pendant très longtemps les dernys ont servi à entraîner les coureurs, sur piste, où ils ont remplacé les grosses motos à rouleaux, mais aussi sur route, où ils ont écrit les grandes pages de Bordeaux-Paris.

Le pilote du derny doit pédaler sans cesse et offrir au coureur qui reste dans sa roue l'abri maximal. Pour cela, il est vêtu de vêtements amples (et réglementaires) qui augmentent sa carrure et il pédale en canard, ce qui lui donne fière allure. Il doit posséder une science du train et une connaissance parfaites de « son » coureur afin de lui faire donner le meilleur de lui-même sans pour autant le mettre dans le rouge et l'épuiser.

Derrière le derny, le coureur, s'il ne peut guère admirer le paysage, peut, en revanche, abattre les kilomètres à belle allure. En général, la vitesse varie entre 50 et 60 km/h.

Du temps que l'on courait cette course folle de Bordeaux à Paris, où il fallait aligner quelque 600 kilomètres d'une longue traite, on s'est avisé que les coureurs qui sortaient d'une nuit de pédalage avaient tendance à roupiller sur la selle et à prendre du retard sur un horaire favorable à la digestion dominicale du spectateur parisien. Il fut donc décidé, pour réveiller tout ce petit monde, que les coureurs seraient entraînés derrière des dernys à partir de Châtellerault. Histoire de finir les 600 bornes à plus de 50 à l'heure dans les bosses de la vallée de Chevreuse. C'était ajouter un enfer pétaradant à un enfer tout court.

On comptait deux dernys par coureur, le derny officiel et le derny de secours – car les dernys avaient le droit de tomber en panne, mais pas les coureurs. Et c'est ainsi que l'on pouvait voir une poignée de champions, sortis livides de la nuit bordelaise, entrer plus livides encore dans la fumée des gaz, ivres de leur propre vitesse dans les faubourgs de Paris.

Lorsque la course folle fut abandonnée, les dernys rejoignirent la piste du vélodrome pour ne plus en sortir. On ne les utilise plus guère que pour lancer les coureurs lors des courses de keirin.

Descendre

Pour le profane, la descente est l'heure du laisser-aller, du lâcher-tout, de la récompense. Pour le cycliste, elle est une science. Descendre est difficile, descendre exige un haut degré de lucidité, un haut degré de forme et un sens de la trajectoire aiguisé. Les skieurs y excellent. Freiner le plus tard possible, prendre la ligne idéale pour attaquer la courbe suivante, sortir vite du virage pour ne pas perdre de vitesse dans les bouts droits, relancer.

Bas et profilé sur la machine, le genou intérieur au virage levé et sorti pour accentuer l'inclinaison du corps et pour éviter que la pédale ne racle le sol, l'œil aux aguets, le descendeur est actif. Si bizarre que cela puisse paraître, il peut s'épuiser à descendre. Les conditions climatiques sont majorées par la vitesse, le vent s'engouffre dans les vêtements, le froid pèse sur les mains, la pluie neutralise les freins, savonne la route.

Dès le début de la descente, le peloton s'étire, laissant à chacun un peu d'espace vital, mais il ne se transforme pas pour autant en train de plaisir. Les coureurs ne sont pas égaux dans la descente. Il existe une race spéciale de descendeurs qui vont plus vite que tous les autres. Il peut être dangereux de les suivre, car ils sont capables de vous entraîner à la faute et à la chute. Dans une même descente, Louison Bobet, qui n'était pourtant pas une luge à foin, s'est fait doubler plusieurs fois par Fiorenzo Magni, qui tombait, se relevait et repartait à tombeau ouvert. Le grand Merckx, dans un souci de perfection, sortait sa clef au sommet des cols et, sans mettre pied à terre, descendait sa selle de quelques centimètres pour abaisser son centre de gravité et foncer davantage. Souvent, les grimpeurs légers se font reprendre dans la descente. Certains, comme Bahamontes, préfèrent manger une glace en haut en attendant les autres plutôt que de se lancer seuls dans une descente perdue d'avance. Et, comme il se doit, Charly Mottet était l'exception qui confirmait toutes les règles : merveilleux grimpeur, il n'avait pas son égal pour plonger dans les descentes, en spécialiste du slalom géant qu'il était.

Pour le cycliste ordinaire, la descente peut être un calvaire ou radieuse, selon la fatigue et la confiance, le plaisir d'être là, le bonheur de la vitesse et les forces que l'on a su économiser dans la montée. Avouons quand même que, globalement, la descente est moins longue et moins pénible que la montée.

DIESEL

Un diesel est un cycliste régulier et peu rapide (il ne fait pas de bruit particulier et n'émet pas de fumée noire pour autant). Je suis d'avis qu'il en faut toujours un dans un groupe. Les diesels sont les rois de la cadence, on est très heureux de les trouver en fin de sortie pour rentrer dans leur précieux abri. Souvent, ils vous surprennent sur le tard, lorsque tout le monde est émoussé, ils haussent leur rythme d'un petit ton et s'offrent un triomphe de tortue.

DIEU

En principe, le peloton est laïc, mais rien n'empêche le cycliste d'aller de cathédrale en cathédrale ou d'emprunter les chemins de Compostelle. Rien n'empêche le pape de bénir un peloton qui passe. Rien n'empêche Bartali de mettre de l'eau bénite dans son bidon. Rien n'empêche les coureurs de se signer, sur le podium, au départ d'une étape contre la montre. Dieu n'est pas classé comme dopage. Il est donc tout à fait loisible de lui demander un coup de main et de pester contre son injustice en cas de crevaison.

« Dans la côte assez dure du Golgotha, il y a quatorze virages. C'est au troisième que Jésus ramassa la première pelle. Sa mère, aux tribunes, s'alarma. Le bon entraîneur Simon de Cyrène, de qui la fonction eût été, sans l'accident des épines, de le "tirer" et lui couper le vent, porta sa machine. Jésus, quoique ne portant rien, transpira. Il n'est pas certain qu'une spectatrice lui essuyât le visage, mais il est exact que la reporteresse Véronique, de son Kodak, prit un instantané. La seconde pelle eut lieu au septième virage, sur du pavé gras. Jésus dérapa pour la troisième fois, sur un rail, au onzième. Les demi-mondaines d'Israël agitaient leurs mouchoirs au huitième. Le déplorable accident que l'on sait se place au douzième virage. Jésus était à ce moment dead-heat avec les deux larrons. On sait aussi qu'il continua la course en aviateur… mais ceci sort de notre sujet» (Alfred Jarry, «La passion considérée comme course de côte», *Le Canard sauvage*, n° 4, p. 11, 17 avril 1903).

«Le comble fut atteint le soir de Noël où elle découvrit l'apparition de bicyclettes dans la crèche. Elle n'en crut pas ses yeux. Paysans et bergers se rendaient à Bethléem en vélocipède! Même Gaspard, Melchior et Balthazar suivaient l'étoile en des trains dont l'Évangile ne faisait pas état. Pour me complaire, grand-père les avait affublés de casaques qui les apparentaient à des coureurs cyclistes. Il les avait rebaptisés. L'un se prénommait André, l'autre Antonin, le troisième Roger, à l'instar de Leducq, Magne et Labépie, trois valeureux de haute pédalée. Une banderole portant l'indication ARRIVÉE était tendue au-dessus de l'entrée de la sainte étable. "C'est un outrage à la religion!" s'écria grand-mère, prête à joindre des patenôtres à l'emportement» (Louis Nucéra, *Mes rayons de soleil*, Grasset, 1987).

Dopage

Marcher à la topette, se charger, allumer les phares, bourrer le canon, charger la chaudière, charger la mule, pousser les feux, saler la soupe, etc.

Au fait, c'est quoi le dopage ?

Si l'on admet communément que le dopage est l'ensemble des moyens artificiels qui permettent d'augmenter la performance, on accomplit déjà un premier pas dans le grand flou. Qui est, en ce monde, capable de définir le naturel et de tracer sa frontière avec l'artificiel ? Ce qui distingue l'homme de la bête est précisément la capacité qu'il a d'ajouter l'artificiel à son état naturel. Faut-il lui interdire de le faire pour le remettre au niveau de la vache normande ou de l'iguane des Galápagos ?

Se faire masser pour éliminer les toxines, les nœuds et les crampes et ainsi repartir plus frais le lendemain, est-ce déjà se doper ? Prendre un antalgique après une bûche, est-ce déjà se doper ? Se faire une fléchette de Tonton pour voir la route en rose, est-ce déjà se doper ? Là, il semble bien que oui puisque c'est interdit.

Le dopage serait donc ce que des experts et des officiels, qui ne font pas de vélo, interdisent. Ils interdisent par exemple d'avoir un taux d'hématocrite supérieur à 50, pour lutter contre l'usage de l'EPO

– ce qui est louable puisque l'EPO épaissit dangereusement le sang et surtout fait aller considérablement plus vite. Si mon taux d'hématocrite naturel est de 46, cependant, cette loi m'encourage vivement à prendre la quantité d'EPO qui me hissera à 50. J'ai donc la permission officielle de me doper.

Celui, au contraire, dont le taux naturel d'hématocrite est supérieur à 50 va devoir faire la preuve de son innocence et demander une dérogation. Tout comme le cancéreux (il y en a un dans le peloton) qui doit recevoir un traitement de récupération à base d'EPO, et qui pourra donc se doper librement puisqu'il sera couvert par une prescription médicale.

Bien entendu, la liste des produits interdits ne tient aucun compte des nouvelles avancées de la recherche, pas plus que des potions magiques que les laboratoires, sous-équipés et sous-financés, ne peuvent pas détecter. À l'autre bout du problème, elle ne tient aucun compte non plus de l'évolution des mœurs et des usages qui fait que n'importe quel « raver » du samedi soir se charge la mule comme un cycliste des années 60 en haute montagne.

Le dopage est une notion totalement élastique, aux contours incertains qui changent chaque matin, et que l'on traite comme si elle était claire, définie et allant de soi.

Le problème du dopage moderne est qu'il est efficace et dangereux. Tout le monde a en mémoire le Bjarne Riis du Tour de France 1996, virevoltant autour de ses adversaires dans les cols, montant comme un avion à sa guise et répondant aux interviews au sommet sans la moindre trace d'essoufflement. On sait que ce dopage-là est menaçant et qu'il a pu tuer. On sait aussi qu'il était alors indétectable et qu'il ne figurait donc pas sur la liste des produits interdits.

On a décidé également que le dopage était une aventure individuelle. Les sanctions pleuvent sur le coureur, sévères. Et personne ne semble vouloir constater que des équipes entières se mettent à marcher au diapason de leur leader ; qu'à certaines périodes certaines d'entre elles dominent totalement les courses, raflent les victoires et l'argent. Rares sont les cas où l'on inquiète leurs dirigeants.

Pas de problème non plus avec les législations et les usages divergents selon les pays, qui « couvrent » leurs coureurs au nom de la gloire nationale.

Pas de réflexion non plus sur la structure d'un sport qui a toujours vécu dans la culture du dopage, dont les hommes et les habitudes de course (tracés, parcours, volume des efforts imposés) sont modelés par lui.

Pas de réflexion sur le besoin de victoire des sponsors, qui ont des chaussures à vendre, des maillots, des cuisines, de la charcuterie, des assurances et des petits jeux à gratter.

Rien que de pauvres individus qui trichent pour aller plus vite que leurs copains et que l'on vire dans la honte.

Un marécage.

Ce qu'on sait de solide à propos du dopage, en revanche, c'est qu'il s'agit d'un marché. Là, on a le pied sûr. Un marché énorme, planétaire et qui touche tous les sports. Lorsqu'il s'agit du masseur aveugle de Fausto Coppi qui lui fournit sa dynamite, lorsqu'il s'agit du couraillon qui va chercher en douce son pot belge à la frontière, c'est un marché noir. Lorsqu'il s'agit d'un grand médecin dont tout le monde connaît le nom, l'adresse et les tarifs, le marché tourne au gris. Et quand c'est un grand département d'une grande université internationalement réputée qui s'y met, le marché est blanc.

Comment le coureur qui a mal aux jambes et envie de mieux faire pour gagner plus pourrait-il résister à un tel dispositif?

Le système de la lutte antidopage est soigneusement conçu, dirait-on, pour ne pas marcher. D'ailleurs, il ne marche pas.

La seule chance pour la lutte antidopage – et ce sera peut-être la chance du XXIe siècle –, c'est que la valeur « non dopé » devienne une valeur de marché. Si cette vertu-là est un jour vendable, la partie est gagnée. Si j'achète telles chaussures cyclistes parce qu'il s'agit d'un modèle « non dopé », le dopage quittera peu à peu le monde du vélo, ou du moins il changera sensiblement de nature. Ce pourrait être un sous-paragraphe dans le grand marché émergent de l'écologie. On a le droit de rêver.

Et puis, cela nous ferait tellement de bien, à nous cyclistes d'en bas, de revoir des champions prendre des coups de pompe, souffler comme des phoques, faire le concours de grimaces, nous ressembler un peu.

« Le petit bidon du soigneur de Bobet est tout juste convenable pour aller de l'hôtel à la ligne de départ ! » (Roger Rivière).

« J'ai parfois l'impression que tous les produits qu'ils prennent finissent par leur tourner la tête. Nous on n'était pas des saints, on prenait parfois des choses, mais ça n'altérait pas notre comportement. En tout cas je ne me suis jamais senti coupable » (Felice Gimondi, *L'Équipe*, 27 mai 2007).

Dossard

Le dossard fait le coureur. Les cyclosportifs peuvent avoir le même matériel que les pros (ils s'y ruinent), mais le dossard est strictement réservé aux coureurs. Celui qui a gagné la précédente édition de la course porte traditionnellement le numéro Un. Ses équipiers ont les numéros suivants et ainsi de suite jusqu'au bout du peloton.

Le dossard est fixé par des épingles de nourrice, et il est toujours drôle de voir au départ des courses les coureurs, tels des frères Ripolin, en train d'accrocher le dossard dans le dos de leur camarade cependant qu'une main amie fixe le leur.

Durant le Tour de France 1996, je me suis trouvé par hasard auprès de Laurent Jalabert, dans la descente vers Montgenèvre, au moment où il a abandonné. Il s'est arrêté au bord de la route, à la sortie d'un virage où la voiture de son directeur sportif l'a aussitôt rejoint. Le mécano a hissé le vélo sur le toit mais Jalabert a refusé de monter dans l'auto avant d'avoir ôté son dossard.

Un coureur sans dossard n'est plus un coureur et, à cet instant-là, Jalabert ne voulait plus être un coureur.

Dur

On dit volontiers que le vélo est dur et on a raison. Mais, une fois qu'on a dit ça, on ne sait pas très bien ce qu'on a dit, puisque le « dur » est très précisément une des grandes beautés de ce sport.

Le sol est dur, le rythme des autres est dur, la pente est dure, les muscles sont durs, le braquet est dur à pousser, rester dans les roues est dur, la pluie qui tombe est dure, le soleil tape dur, vous savez que le talus qui arrive sera dur, la selle est dure, le vent est dur, le gars en tête visse dur. Ne finissez pas l'inventaire, vous êtes « dans le dur »... Et puis soudain tout s'amollit, la forme revient, la route est belle, vos compagnons reculent dans le talus, il fait doux, vous pédalez dans l'huile, cette bosse-là n'est vraiment pas si terrible... Tous les jours le vélo est un sport dur, certains jours non. Il suffit d'essayer pour voir.

« Le vélo, c'est tellement dur » (Stéphane Augé, *L'Équipe*, 9 juillet 2007).

E

Écureuil

L'écureuil tourne inlassablement en rond dans sa cage. À vélo, c'est le pistard qui tourne éternellement corde à gauche sur son anneau. Les virages relevés l'enferment et il n'a pas d'autre horizon que celui des roues de ses adversaires, pas d'autre rêve que celui de la Côte d'Azur, cette bande bleue qui délimite son champ de roulage et sur laquelle il ne doit pas poser le boyau avant la fin de sa course. La piste est l'effort cycliste absolu, sans paysage pour écrin et sans l'inattendu du grain des routes. Du vélo pur. Le plus écureuil des écureuils est le recordman de l'heure. Il est seul à tourner en rond, à fond les manettes pendant 60 interminables minutes, avec rien de rien pour le distraire de sa douleur. Même si cet écureuil-là n'a pas de queue, il ne manque pas de panache.

« Seulement 50,700 kilomètres dans l'heure ? Je recommence à faire l'écureuil après-demain ! » (Francesco Moser, le 19 janvier 1984, jour de son premier record du monde de l'heure).

ÉLÉGANCE

L'élégance cycliste commence par le vélo, car le vélo c'est l'homme. D'une belle marque ou dans l'anonymat chic du sur-mesure, il se doit d'être impeccable et de briller de tous ses feux, toujours. L'œil aiguisé du spécialiste reconnaîtra immédiatement le petit détail ajouté, une coquetterie de selle, un choix de pneus à bandes colorées (assorties à la couleur du cadre, bien sûr), une potence inédite, une pédale en titane.

Côté costume, les choses ont beaucoup changé. Si du temps de René Fallet l'élégance cycliste se caractérisait par le cuissard noir, la chaussure de cuir noir et la socquette blanche, elle est aujourd'hui beaucoup plus chamarrée. Les couleurs vives que l'automobiliste voit de loin sont de rigueur, personne ne songerait à vous reprocher un cuissard rouge, une socquette bleue ou une chaussure blanche.

Pour beaucoup de cyclistes amateurs, l'élégance au premier degré consiste à revêtir le même costume que le coureur qu'ils admirent. C'est la fortune des fabricants de maillots. Cette élégance-là sera considérée comme facile et vulgaire. Dans un monde où le peloton se bariole, il est de meilleur ton de chercher le maillot uni, sans marque, le cuissard discret, la veste chaude à manches mobiles, le casque profilé. Les vrais élégants, qui sont aussi respectueux, évitent le jaune.

Il ne faut pas sous-estimer non plus une nouvelle élégance rétro qui fait son chemin parmi les cyclistes du dimanche, un retour au maillot de laine, aux chaussures de cuir, aux mitaines de maille, voire au vélo « tout Campa » à cadre d'acier, voire au pignon fixe !

Il y a aussi élégance et élégance. Celle du cyclosportif ne se confond pas avec celle du cyclotouriste, pour qui un cadre long, de beaux garde-boue, un short kaki par-dessus le cuissard et de jolies sacoches imperméables sont un effet de l'art.

Pour le coureur, l'affaire est plus complexe puisqu'il est soumis aux dures lois du sponsoring. Il est loin le temps où, sanglé dans son maillot uni, le bel Hugo Koblet faisait des ravages avec son peigne, sa petite éponge et ses lunettes enroulées autour du bras. Aujourd'hui, le coureur doit porter la tenue réglementaire de son équipe. Elle peut être inspirée (comme la tenue « Mondrian » de l'équipe de la Vie claire), elle peut également être tarte. Le coureur doit se soumettre. Le grand Cipollini a payé de fortes amendes pour avoir eu des fantaisies de cuissard. Il reste donc au coursier à se différencier autrement – mais heureusement il y a dans le peloton, comme dans la vie, mille autres façons de montrer son élégance que par son costume.

Emballage

Cette expression vieillie, « gagner à l'emballage », signifiait gagner au sprint. Le mot anglais a pris le dessus et on n'emballe plus guère, mais on sprinte toujours.

En avoir sous la pédale

Avoir des réserves de force, être en forme. Quand on en a sous la pédale, le plus difficile est bien souvent d'en garder sous la pédale pour les moments décisifs.

En dedans

Rouler en dedans n'est pas rouler à l'intérieur, c'est rouler sans s'employer au maximum. C'est en garder sous la pédale. Attention les flemmards, ne vous léchez pas les babines, ne dites pas légèrement : « Roulons en dedans éternellement ! » Erreur funeste, car, pour avoir le bonheur de rouler en dedans, il faut avoir connu le malheur de devoir rouler à fond. Ce n'est qu'après avoir touché le fond qu'on prend la mesure réelle de son en-dedans. Ce n'est qu'une fois posé sa limite qu'on peut tenter de rouler en économisant ses forces.

À l'opposé, on ne dit pas « rouler en dehors ». On roule à fond, à bloc, et au-delà on pédale dans le rouge. En général, cela ne dure pas.

Chacun a son en-dedans, ce qui fait que dans un même peloton on rencontre toutes les figures. Certains sont déjà dans le rouge alors que d'autres sont seulement à fond et que certains sont encore en dedans. Cela s'appelle la forme, cela s'appelle la course.

Le plus difficile, quand on roule en dedans, c'est de décider d'en sortir. On sait que ça va faire très mal. Pire encore lorsque les autres décident de vous faire sortir de votre en-dedans sans vous demander votre avis.

En attendant, vous pédalez en dedans et vous avez l'heureuse sensation que cela pourrait durer des heures. C'est une des belles figures du cyclisme.

« Dès le matin je me retrouvai seul à pédaler dans le rouge au milieu d'un paquet qui roulait en dedans. Ma journée promettait d'être un enfer. Je décidai de m'échapper » (Joachim Agostinho, *Courir devant*).

En facteur

Rouler en facteur, c'est adopter la petite cadence, celle que le poids de la sacoche de courrier impose et qui ne recule devant aucun arrêt. Curieusement, cette cadence est assez difficile à tenir tout au long d'une sortie. On décide souvent de rouler en facteur, on accomplit quelques kilomètres à cette douce cadence, et puis soudain, au mépris de la règle, un facteur prend le mors aux dents, flingue dans un talus et il faut se lever les fesses. D'autres fois, on part à fond les ballons et on donne tant et plus que l'on est contraint de rentrer en facteur à la maison.

En haut du guidon

Mettre les mains en haut du guidon, c'est adopter la position de repos. On abandonne les soucis d'aérodynamique, on relève la tête pour ne plus avoir l'air d'un coureur, on se détend le dos, on passe un petit braquet et la vie devient plus douce. Le paysage se déploie soudain devant vos yeux. Vous n'êtes plus un coureur, vous êtes un cyclotouriste, vous avez le nez en l'air et les mains confortablement posées en haut du guidon. C'est une philosophie cycliste qui en vaut quelques autres.

« Quand j'ai arrêté la course, j'ai eu beaucoup de mal à mettre les mains en haut du guidon, alors j'ai choisi le golf » (Laurent Fignon, *Confidences pour confidences*).

EN PRISE

Rouler en prise, c'est rouler très vite pour écœurer l'adversaire. Il s'agit de tenir une cadence élevée, de ne jamais ralentir, sans pourtant démarrer ni creuser un écart brutal. On accélère peu à peu, on visse. Lorsque les gros montent en prise, la lessive se fait par l'arrière dans le peloton. Bientôt ils ne sont plus que quelques-uns en tête, et alors commence l'« explication ».

Souvent, les grands leaders confient une partie de cette montée en prise à leurs équipiers montagnards : George Hincapie pour Lance Armstrong, Hubert Arbes pour Bernard Hinault, Joseph Bruyère pour Eddy Merckx. Les rois de la prise.

> « Jaillis du bas-Luchon, ils se font la valise.
> Anquetil effarant monte le col en prise
> Devant Planckaert qui tangue au rythme
>   d'un pendule.
> C'est l'heure où le sommet semble un rêve
>   et recule »

(Antoine Blondin, *Sur le Tour de France* [1962], La Table Ronde, 1997)

ENRHUMER

Lorsqu'un adversaire démarre et passe à pleine vitesse à votre hauteur, il provoque un petit vent frais qui risque de vous enrhumer. Se faire enrhumer, c'est donc se faire dépasser en coup de vent puis lâcher. Le manque d'air que vous ressentez lorsque vous répondez à l'accélération ajoute à la sensation.

« Il a cru qu'il allait pouvoir m'enrhumer à deux ou trois reprises, ça m'a mouché et j'ai décidé de lui mettre la grippe » (Djamolidine Abdoujaparov, à l'arrivée de Paris-Tours).

Enrouler

Il y a un plaisir physique (au sens scientifique du terme) à fabriquer de la ligne droite avec la rotation des jambes : les jambes tournent et la route défile. C'est le plaisir d'enrouler le braquet. Lorsque la mécanique est bien huilée, la sensation d'être soi-même une sorte de machine est captivante. Tourner rond pour filer droit.

« Monsieur, je n'ai pas essayé la bicyclette, par attachement, peut-être, à d'anciens sports suffisants comme l'escrime ou la voile de rivière et, j'aimerais, le cheval ; mais j'en reconnais toute la merveille pratique. Son action sur l'espèce aura été importante, elle a dégagé un sexe, douteux, celui du camarade de collège, à quoi se tient, en maints cas, la femme. Je reproche, de loin, comme spectateur, l'allure inepte et disgracieuse infligée aux jambes, dans l'exercice : l'être humain n'approche pas impunément d'un mécanisme et ne s'y mêle sans perte. Voici de plus, dit-on, que cette habitude nuit à la danse, autre vertige ; que, toujours, je lui préférerai » (Stéphane Mallarmé, « Sur la bicyclette » [1896], *Les Nouvelles littéraires*, 21 juillet 1934).

Éparpiller le peloton

Faire voler le peloton en éclats sous l'effet d'attaques répétées. Elles peuvent être le fait d'une équipe, par vent latéral par exemple, ou de l'ensemble des leaders lorsqu'ils se livrent bataille et que le rythme est trop élevé pour les autres. Le peloton se trouve alors éparpillé en petits groupes sur plusieurs kilomètres. Les coureurs ayant horreur de la solitude, les groupes se réunissent et un peloton finit par se reformer. En général, à ce moment-là, les costauds sont déjà loin devant.

Équipe

Le cyclisme est un sport individuel qui se pratique en équipe. Une équipe change de profil au long de l'année selon les enjeux et les courses, selon aussi les projets de victoire qu'elle s'est assignés en début de saison. Une équipe complète comporte un leader, en théorie capable de tout (y compris de gagner), un sprinteur pour remporter les étapes de plat, des grimpeurs pour donner la main à leur chef dans les étapes de montagne, des rouleurs, enfin, pour faire front dans les contre-la-montre et dans les étapes de baroud. Les équipiers doivent protéger leur leader et le placer en position de gagner – ensuite, c'est à lui de le faire. Selon le profil de leur leader, certaines équipes se spécialisent. Les plus spectaculaires sont sans doute celles taillées sur mesure pour un grand sprinteur. Il y faut des gaillards puissants, capables de jouer des coudes et d'emmener le peloton à un train d'enfer pour éviter que des francs-tireurs ne s'échappent. Il y faut des presque sprinteurs pour accompagner le vrai sprinteur jusqu'à 500 mètres de la ligne. Le grand Cipollini, Il Magnifico, exigeait que ses partenaires fassent exactement la même taille que lui pour lui couper le vent au petit poil avant de le lâcher sur la rampe de lancement. Une bataille entre deux ou trois équipes de sprinteurs dans les 20 derniers kilomètres d'une étape de plat est un modèle de stratégie cycliste.

« Qui c'est qui m'a foutu cette équipe de merde qui m'a laissé tout seul à dix bornes ? Il a fallu que je me fasse toutes les roues pour remonter. Quand je suis arrivé devant, j'étais déjà cuit-mort » (Robbie McEwen).

Équipe (L')

Le quotidien sportif français a publié son premier numéro le 28 février 1946. Il succédait à *L'Auto*, journal créateur du Tour de France, emporté dans « la fosse commune des déshonneurs nationaux» (Pierre-Henri Teitgen). Pour le lancer, Jacques Goddet avait réuni une équipe solide d'amoureux du sport, parmi lesquels Pierre-Louis Dreyfus, Patrice Thominet et Jean Lafitte. Après une première fusion avec *L'Élan*, *L'Équipe* passa la barre des 100 000 exemplaires. Plus tard, à la faveur d'un accord avec Émilien Amaury, Jacques Goddet associa *L'Équipe* avec *Le Parisien libéré* et ils créèrent ensemble une nouvelle société gérante du Tour dans laquelle travaillait Félix Lévitan. Le dispositif était en place.

La relation entre *L'Équipe* et les grandes courses cyclistes a toujours été mutuellement profitable: les coureurs courent et *L'Équipe* bâtit leur légende. À l'heure actuelle, ce sont plus de 800 000 exemplaires que le journal vend chaque matin pendant le Tour de France.

Il faut dire que *L'Équipe* a toujours su réunir des journalistes, des écrivains et des photographes de premier plan. Qui ne se souvient du trio magique des années 60 et 70: Jacques Goddet au grand lyrisme, Pierre Chany à l'analyse de la course et Antoine Blondin au génie du jour?

La forme et le contenu du journal ont évolué depuis l'arrivée de la télévision, laissant davantage de place aux images fixes spectaculaires, aux analyses, aux reportages de fond et aux débats (dont le cyclisme ne manque pas).

Être à la ramasse

L'origine de cette expression n'est pas claire. Vient-elle de l'alpinisme, où « descendre en ramasse » veut dire descendre comme un traîneau ? Ou bien est-elle liée au ramassage des attardés que fait le camion-balai à la fin de la course ?

Toujours est-il qu'être à la ramasse n'est pas très bon signe. La défaillance est sans retour et le seul espoir est de rallier le but avant la nuit noire…

« Certains vont regarder les kilomètres à avaler en sachant qu'ils seront à la ramasse tous les jours » (Laurent Jalabert, *L'Équipe*, 16 juillet 2003).

Être à la rue

Être incapable de suivre. L'expression désigne un état plus durable que la défaillance ou le coup de pompe. Un coup de barre ne peut pas durer toute une saison, en revanche on peut bel et bien être à la rue de janvier à novembre.

F

Faire l'élastique

Faire l'élastique est une des figures tragiques de la course cycliste. Vous êtes lâché sur crevaison, sur incident ou sur un simple coup de moins bien. Vous vous retrouvez donc à quelques centaines de mètres derrière le peloton et vous commencez la chasse pour rentrer. Au rythme de ses accélérations et de ses ralentissements, le peloton s'éloigne et s'approche. Au moment où vous croyez le rejoindre, il s'enfuit et vos jambes hurlent. Vous faites l'élastique. Dans la majorité des cas, parce que la lutte est inégale entre un peloton et un homme seul, l'élastique lâche. Ensuite, vous êtes un coureur isolé qui ne rejoindra jamais son Graal et vous essayez de rallier l'arrivée en limitant les dégâts.

« J'avais pourtant les bonnes jambes, mais quand l'élastique a lâché, c'est comme si j'avais perdu mon pantalon.

J'en pleurais tout seul dans la bosse. J'ai jamais eu aussi mal aux cannes et au moral» (Tom Boonen, dans la montée de l'Izoard 2006).

Faire le métier

Cette expression typiquement cycliste est celle qui a le plus évolué ces dernières années. À l'origine, faire le métier, c'était mener une vie saine, bien se nourrir, bien dormir et respecter ses programmes d'entraînement. Se mettre dans les meilleures conditions pour digérer les efforts pendant les quelque 30 000 kilomètres que comptait la saison.

Ensuite, cette expression s'est dévoyée et elle est devenue l'équivalent de «se préparer», au sens occulte du terme. Faire le métier, c'est se doper.

Avec les campagnes contre le dopage, avec le refus de la tricherie chez certains coureurs, elle semble retrouver une nouvelle pureté. Stéphane Augé disait très récemment à propos de son équipier Moreni (convaincu de dopage) : «Il était bien intégré dans l'équipe, il parlait français, il faisait bien son métier, il allait chercher les bidons. Ça allait.» Assisterions-nous à un retour aux sources ?

Feignasse

La feignasse, comme le raton, est un paresseux. De ceux que l'on ne voit jamais aux avant-postes, de ceux qui ne prennent pas part au travail pour ouvrir le chemin dans le vent. Les feignasses restent dans l'abri et s'efforcent de faire le minimum. Lorsque les maillots cyclistes étaient encore en laine, on appelait précisément les feignasses des « bouffeurs de laine », tant ils serraient ceux qui les précédaient pour profiter de l'aspiration.

Mais, même si cela ne saute pas aux yeux dans leur comportement, il y a un monde de différence entre la feignasse et le raton. La feignasse est une feignasse, paresseux le matin et pas courageux le soir. Le raton, au contraire, se fait oublier tout le long de l'étape pour se réveiller comme par magie à quelques bornes de l'arrivée. Épuisé tout le jour, il renaît pour la gagne et vient souffler la victoire.

→ Voir *Rat, raton, ratagasse*.

« Moi j'aime mieux flinguer de suite dans le petit matin plutôt que de me retrouver dans un troupeau de feignasses qui viendront me manger la laine » (Eddy Merckx, *Ma vie en jaune*).

Fignon, Laurent (né en 1960)

Laurent Fignon n'était pas pareil. Il n'était pas du sérail, pas au format. Un intello, un diplômé, un caractère, un quant-à-soi, un anti-Poupou, un sans-surnom. Intelligent, dur parfois, sûr de ses moyens et de ses intentions. Élégant, avec sa crinière blonde et ses lunettes cerclées, il savait gagner et il l'a beaucoup fait : deux Tours de France, un Tour d'Italie, Milan-San Remo, la Flèche wallonne, le Grand Prix des Nations. Il savait analyser la course et il savait la faire. Il a connu des années radieuses où rien ne lui résistait, pas même Bernard Hinault, à qui il donnait une vraie réplique, et puis il a eu son lot de malchance.

Il est dommage que lui qui a tant et si bien gagné soit passé à la postérité pour avoir perdu le Tour 89 en cédant 8 minuscules secondes à Greg LeMond et son guidon de triathlète. On pourrait au moins lui parler de la montée de l'Alpe-d'Huez, en 84, où il a planté sans trembler tous les meilleurs.

Flamme rouge

De deux choses l'une : lorsqu'ils passent sous la flamme rouge, pour certains la course est finie, pour d'autres, elle commence. La flamme rouge, petit drapeau triangulaire fixé au-dessus de la route sur un ponton, indique que la course entre dans son dernier kilomètre. C'est elle qui sonne l'heure du gros travail pour les sprinteurs et leurs derniers lanceurs. Que ceux qui ont peur de frotter se garent !

Flandrien

Spécialiste des courses classiques flandriennes. Ces classiques de printemps sur des parcours terribles hérissés de bosses, parfois pavées, à 22 %, comme le célèbre Koppenberg, et de trottoirs à bord vif sont souvent rendus plus terribles encore par le climat rude du Nord : il peut neiger, pleuvoir, venter sur le Tour des Flandres !

Ces courses sont « réservées » à des spécialistes, durs au mal, adroits en machine, endurants et rusés, chanceux. Au palmarès on n'est pas étonné de trouver des noms comme Van Petegem, Museeuw, Van Hooydonck, Godefroot, Vanderaerden, Van der Poel, mais il ne faut pas croire pour autant que ce soit chasse gardée. Les Bobet, les Ballan, les Forestier, les Tchmil y excellent aussi.

Flinguer

On dit aussi faire péter, poser une mine, allumer un pétard, gicler…

Les termes abondent pour signifier « démarrer ». Ce Graal cycliste, celui qui vous projette en avant du peloton vulgaire, inspire toutes les métaphores guerrières que l'on peut imaginer (avec la bouche grande ouverte, les cuisses en feu et les capacités de réflexion réduites à l'état musculaire). Démarrer, c'est imposer sa volonté et sa force, c'est prendre la course à son compte, c'est faire un usage dispendieux de sa puissance. Si le démarrage est décisif, vous savez que vous vous préparez un enfer pour maintenir puis creuser votre avance. Si le coup est raté, vous savez que vous allez mettre un long moment à vous refaire et que vous vous exposez à des contres impitoyables de la part de vos adversaires. Le prix du coup de flingue est toujours élevé, mais il est la raison même de la course.

On ne pose pas une mine n'importe comment. Si vous partez de devant, on vous saute dans la roue. L'idéal est d'attaquer de derrière afin d'être à pleine vitesse lorsque vous passez le coureur de tête. L'idéal est de choisir le côté opposé de la route pour imposer à ceux qui tenteront de vous rejoindre un plus long chemin et leur refuser l'abri dont ils auraient besoin. L'idéal est de faire péter sur un bout de route tortueuse pour disparaître au plus vite de la vue de vos rivaux. À ce tarif, vous pouvez faire le trou, creuser l'écart et vous lancer dans la course en tête.

On peut obtenir le même résultat sans flinguer. Il suffit de se mettre devant et d'accélérer progressivement. Cela s'appelle « faire la sélection par l'arrière » : un à un, les concurrents épuisés coincent et abandonnent le train. Le problème est que pour faire cela il faut se nommer Eddy Merckx ou Bernard Hinault.

Aux autres, il reste à flinguer et à reflinguer jusqu'à se faire baptiser le Grand Fusil par tout un peloton, comme le fut Raphaël Geminiani.

« On avait décidé au briefing de ne pas les laisser tranquilles de tout le jour. J'ai flingué d'entrée et ensuite les copains ont posé des mines tout le long des tranchées, et c'est dans celle d'Arenberg que Francesco a fait péter pour de bon. On l'a plus revu. Quel feu d'artifice ! » (un gregario de Sean Kelly à Roubaix en 1984).

Forçats

C'est en 1924, au Café de la Gare, à Coutances, attablés devant des cafés-filtres, que les frères Pélissier et leur compère Maurice Ville ont rempli le cahier de doléances du tiers état cycliste. Ils l'ont fait pour le grand Albert Londres, reporter à succès, qui ne reculait pas devant le sensationnel, le saignant, le vécu. Ils en ont tant et tant lâché, sur leur vie ordinaire de coursiers, que le journaliste, retour de Cayenne, n'a pas pu faire moins que de titrer sur les « forçats » de la route. L'expression a connu une gloire plus large que celle des trois coureurs réunis et elle est encore aujourd'hui une sorte de refrain lorsqu'il s'agit de décrire les lourdes charges du métier de coureur.

La vérité est plus prosaïque. Le bel Henri Pélissier était une forte tête et il ne ratait pas une occasion de s'offrir celle d'Henri Desgrange, le patron du Tour. Prétextant une sombre affaire de maillot non réglementaire, il avait déclenché un de ces conflits dont il avait le secret. Après avoir abandonné, il s'était confié à Albert Londres, sans reculer sur les moyens : « Ce que nous ne ferions pas faire à des mulets, nous le faisons. On n'est pas des fainéants mais, au nom de Dieu, qu'on ne nous embête pas. Un jour viendra où ils nous mettront du plomb dans les poches parce qu'ils prétendront que Dieu a fait l'homme trop léger. Si on continue sur cette pente, il n'y aura bientôt que des clochards et plus d'artistes. Le sport devient fou furieux. »

« Les Pélissier, l'ont pas que des jambes, ils ont une tête et, dans cette tête, du jugement.

– Vous n'avez pas idée de ce qu'est le Tour de France, dit Henri, c'est un calvaire. Et encore, le chemin de croix n'avait que quatorze stations, tandis que le nôtre en compte quinze. Nous souffrons du départ à l'arrivée. Voulez-vous voir comment nous marchons ? Tenez…

De son sac, il sort une fiole :

– Ça, c'est de la cocaïne pour les yeux, ça c'est du chloroforme pour les gencives…

– Ça, dit Ville, vidant aussi sa musette, c'est de la pommade pour me chauffer les genoux.

– Et des pilules ? Voulez-vous voir des pilules ? Tenez, voilà des pilules.

Ils en sortent trois boîtes chacun.
– Bref! dit Francis, nous marchons à la “dynamite” » (Albert Londres, *Le Petit Parisien*, 27 juin 1924).

Format idéal

Il n'y a pas de cycliste idéal. Contrairement au basket ou à la natation, le gigantisme n'apporte rien au cycliste. Tous les formats sont dans le peloton. Eros Poli, qui mesurait près de 2 mètres, y voisinait sans mal avec José Manuel Fuente, qui culminait à moins d'1,60 mètre. Les handicaps se compensent : les grands costauds ont davantage de puissance mais ils prennent davantage de vent et doivent monter davantage de poids en haut des bosses et des talus (pour ne rien dire des grands cols, où souvent ils reculent). Les fluets manquent de moteur mais s'abritent idéalement et ont moins de poids à hisser. Chacun a donc sa place dans le grand peloton et chacun semble capable de la garder.

Lorsqu'on y regarde de plus près, cependant, il apparaît très vite que certaines spécialités sont réservées à certains formats. Pour faire simple, les rouleurs et les sprinteurs sont des costauds cuissus : Thierry Marie, Rudi Altig, André Darrigade, Djamolidine Abdoujaparov, mille autres. Les grimpeurs, eux, sont plutôt petits et minces, en mollets de coq :

Marco Pantani, Lucho Herrera, John Gadret – avec quelques exceptions pour des grands maigres dégingandés comme Federico Bahamontes ou Gérard Saint. Ils ont du mal à s'imposer dans les longs barouds sur le plat et dans les contre-la-montre, où la puissance pure domine.

Et puis il y a ceux qui troublent complètement cette belle harmonie, ceux qui ont l'air de rouleurs et qui grimpent comme des cabris, ceux qui ont l'air de grimpeurs et qui roulent comme des locos. Les Indurain, les Armstrong, les Hinault du côté des rouleurs qui grimpent, les Delgado, les Ocaña, les Gaul de celui des grimpeurs qui roulent.

« Miguel Indurain mesure 1,88 mètre et pèse 80 kilos, soit 27 centimètres et 24 kilos de plus que Jean Robic » (Christian Laborde).

Forme

La forme est un mystère qui demande bien du travail. Si elle était une science exacte, tout le monde serait toujours en forme, tant cet état est gracieux. Lorsque vous avez la forme, tout devient facile, y compris les efforts démesurés qui vous la feront perdre tôt ou tard. L'entraînement n'est pas une progression continue, et quand vous êtes au bout de votre préparation, la forme va et vient. Elle est capricieuse et hésite à s'installer durablement, ceci à tous les niveaux d'exigence cycliste.

Se mettre en forme, c'est d'abord changer de forme. C'est sentir ses muscles durcir, sa posture s'assouplir, sa résistance grandir, c'est être capable de faire davantage d'efforts, de pouvoir se taper dedans, en baver, et ainsi de gagner peu à peu ce mystérieux terrain qui vous mène vers cet état de grâce. Un jour, vous êtes en forme et vous chantez en pédalant.

« Aucune fatigue. Cela pourrait être éternel. Je suis un cristal qui ne respire pas : qui existe – c'est l'intention – le reste qui était fendu pour récupérer, obligeant à un rythme d'esclave, est aboli. Par le bas, je reste animal, mais je suis une boule. J'ai frais aux chevilles. Je n'ai plus besoin de voir. C'est adorable. J'ai aussi un peu peur. C'est adorable. Je vais excessivement vite » (Charles-Albert Cingria, « Le petit labyrinthe harmonique », *Bifur*, n° 1, 25 mai 1929).

« À vélo on prend plaisir, il arrive même qu'on fasse plaisir mais c'est somme toute assez banal. Au-delà du plaisir, c'est la divine surprise, il y a la volupté. La volupté à vélo, c'est autre chose. Cela existe, je l'ai rencontrée. Ce qui en fait le charme, c'est l'inattendu, ce qui en fait le prix, c'est la rareté. C'est plus qu'une sensation, c'est un sentiment, parce que l'émotion y tient sa place autant que l'action. Au risque de surprendre, je tiens que la volupté à vélo est absente du champ de la compétition. En course, la menace de l'échec ou l'excitation du succès génère au mieux l'euphorie, laquelle apparaît vulgaire, comparée à la volupté.

La volupté à vélo, c'est délicat, c'est intime et c'est éphémère. Ça vous arrive, ça vous prend, ça vous entraîne, et ça vous quitte. C'est à vous tout seul. C'est une combinaison de vitesse et de facilité, de force et de grâce. C'est un pur bonheur» (Jean Bobet, *Demain, on roule...*, La Table Ronde, 2004).

FRINGALE

La fringale, qui est une saine sensation pour le commun des mortels, est une fatalité pour le cycliste. Elle s'empare de vous par surprise et vous laisse vidé. Le vélo est gros consommateur d'énergie : on soutient que le régime des coureurs pendant le Tour de France est de l'ordre de 8 000 calories par jour. Il est donc normal que la fringale vous saisisse. Le problème est qu'elle n'est pas précédée d'une sensation de faim. L'effort efface cette sensation et vous n'avez pas de signal d'alerte. D'un coup vous vous retrouvez sans forces, et il faut faire preuve de lucidité pour simplement songer à croquer un morceau de sucre.

Le seul remède contre la fringale est la prévention. Paul de Vivie, dit Vélocio, le père du cyclotourisme, répétait volontiers qu'il fallait toujours « boire avant d'avoir soif et manger avant d'avoir faim ». Le cycliste idéal est un grignoteur permanent. Autrefois, on voyait les coursiers mâchouiller des pilons de poulet, des sandwichs et des bananes, aujourd'hui ils utilisent des pâtes et des barres caloriques qui leur permettent de respirer la bouche pleine. Elles se montrent d'autant plus indispensables que les coureurs se tiennent à la limite de la maigreur pour ne pas charrier de poids inutile.

Le temps passe, les techniques de course évoluent, mais la fringale reste. Maintenant qu'on la connaît bien, elle n'est plus une fatalité, elle est une faute professionnelle.

« Tu ne me croiras pas, mais j'étais en tête et j'ai pris une fringale à 500 mètres de la ligne. Plus de pattes. Je me suis fait enrhumer par le paquet qui n'aurait jamais dû me reprendre » (Alexandre Vinokourov, *Un Ukrainien dans la course*).

« J'ai vraiment bataillé pour être dans l'échappée. Les trois derniers kilomètres de l'ascension j'ai fait une fringale, j'ai payé un peu la poursuite qu'on a menée pour rentrer » (Jérôme Pineau, *L'Équipe*, 15 juillet 2007).

FROTTER

Frotter s'apprend. C'est une des figures essentielles de la course cycliste. On peut faire du vélo toute sa vie sans jamais apprendre à frotter, mais on ne peut pas faire une seule course sans savoir le faire.

Après pédaler, qui est le *a* du métier, frotter en est le *b*. Savoir frotter, c'est à la fois savoir respecter et savoir se faire respecter. Il s'agit de connaître les codes de vie du peloton, d'être capable d'enchaîner les heures de selle, épaule contre épaule, sans jamais mettre sa pédale dans la roue du voisin, sans le balancer dans le ravin, sans le précipiter sur le premier trottoir qui passe. Frotter, c'est aussi savoir remonter à l'intérieur ou sur les bords du peloton en jouant des épaules et des coudes pour replacer le leader qui est dans votre roue, pour vous placer vous-même en position favorable. Frotter, c'est enfin avoir assez de cœur pour se mêler au sprint, où les places sont chères, où les décisions se prennent au millième de seconde, où de rudes gaillards, forts comme des Turcs et malins comme des singes, ne font de cadeau à personne. Frotter, c'est à la fois se faire oublier et s'imposer dans le paquet.

« Les premières courses de l'année sont toujours dangereuses parce que les petits jeunes qui débarquent apprennent à frotter. On ne frotte pas chez les pros comme chez les amateurs. Ils ont à faire et il vaut mieux garer ses boyaux » (Cyrille Guimard, *Sur la pratique de la bicyclette*).

G

Gagner

→ Voir *Victoire*.

« Il n'y a que la première place qui m'intéresse » (Louison Bobet).

Galibier

Pour monter au Galibier, il faut d'abord acquitter le péage d'un premier col. Sur le versant sud, c'est le col du Lautaret, que l'on monte interminablement depuis Briançon avant d'attaquer les 7 kilomètres de paroi. Sur le versant nord, c'est le col du Télégraphe, que l'on doit avaler avant de passer à Valloire et de s'offrir le Galibier proprement dit. On se trouve alors dans la montagne sérieuse, c'est du gros et du lourd, 2645 mètres d'altitude qu'il faut effacer. Le paysage est superbe, l'effort ne l'est pas moins.

À 1 kilomètre du sommet, quand l'oxygène se fait rare et que les cuisses sont carbonisées depuis longtemps, on se trouve face à un dilemme : le tunnel ou la route ? Le tunnel est sombre, obscur, dangereux peut-être, mais plat. La route, elle, est une route sommitale avec toutes les beautés du genre, mais elle fait un bon 10 % sur le kilomètre… On peut toujours mettre pied à terre quelques minutes pour réfléchir.

Les coureurs, eux, n'ont pas le choix, on leur inflige le Galibier avec une surprenante régularité. C'est le col le plus monté de l'histoire du cyclisme. À ma connaissance, il ne s'est vengé qu'une fois, en 1996, lorsqu'il s'est couvert d'une neige infranchissable au plus chaud de juillet.

« Oh Sappey ! Oh Laffrey ! Oh col Bayard ! Oh Tourmalet ! Je ne faillirai pas à mon devoir en proclamant qu'à côté du Galibier vous êtes de la pâle et vulgaire bibine : devant ce géant, il n'y a plus qu'à tirer son bonnet et saluer bien bas » (Henri Desgrange).

Généreux

Il y a deux façons d'être généreux à vélo. On peut être généreux de ses efforts, prendre le relais plus souvent qu'à son tour, prendre des relais plus longs, se sacrifier pour un partenaire. On aime avoir un ou deux de ces généreux-là dans une échappée. Mais souvent on dit d'eux qu'ils sont généreux parce qu'ils sont battus à la fin et parce qu'ils en ont trop fait. On dit rarement d'un vainqueur qu'il est « généreux » : il est vainqueur et tous les efforts qu'il a consentis lui donnent raison. Il y a donc une petite nuance négative dans cette générosité-là.

L'autre générosité ressemble davantage à celle que l'on connaît dans la vie de tous les jours. On jurerait parfois que les cyclistes sont des hommes ! Le seul problème c'est que, pour être généreux, il faut en avoir les moyens. En 1961, Jacques Anquetil décide d'offrir la victoire au Parc des Princes à son dévoué Cazala. Il lui demande de prendre sa roue, il démarre en trombe, Cazala s'accroche, ils entrent ensemble au vélodrome et Cazala gagne. Pour que cette générosité soit possible, il suffit d'être fort comme Anquetil et courageux comme Cazala.

Grande lessive

La grande lessive est le moment de vérité. Le moment où les costauds abattent leurs cartes et où, derrière eux, on se fait rincer, doucher, tordre ou essorer. En général, la grande lessive se fait en montagne. Le peloton explose. On voit des coureurs éparpillés dans les lacets jusqu'à ce que la bataille s'organise à l'avant et que le gruppetto se constitue à l'arrière, venant créer un ordre nouveau qui est celui de la course en haute montagne et en haute fatigue.

Grand gueulard

Le grand gueulard est le quadriceps. L'un des plus gros muscles du corps humain, gros consommateur d'énergie, il pousse et lève la cuisse dans le pédalage. C'est donc le muscle qui travaille le plus et qui se rappelle le plus volontiers au souvenir du cycliste. Il fait mal. Il fait mal pendant l'effort et il fait mal ensuite au cours de la récupération. Mais, s'il ne se fait pas oublier, il est bon garçon et récupère très vite. Il gueule, et puis il se remet en route. On ne peut pas en dire autant de nombre de ses petits confrères.

« Rien ne me faisait mal, sauf mes muscles mais c'est normal » (Robbie McEwen, *L'Équipe*, 7 juillet 2007).

Gregario

Ce mot a vieilli très vite dans les pelotons. Venu d'Italie, il désignait les domestiques, ceux qui étaient là pour aider à la gloire des Grands, ceux dont le nom échappait à la légende des cycles. On les traitait alors comme leur surnom l'indique. Ce sont les *campionissimi* italiens qui avaient créé cette catégorie de coureurs dévoués corps et âme et ayant renoncé à toute ambition pour eux-mêmes.

Aujourd'hui, cette page est tournée, il n'y a plus de maîtres ni de serviteurs, il y a des leaders et des équipiers. Là où le gregario était dévoué, l'équipier est modèle, là où le gregario était docile, l'équipier est stratège. Finies aussi, les basses besognes : plus de poussette dans les côtes, plus de roue tendue, la mort dans l'âme, au patron qui vient de crever. Chacun est à sa place dans le paquet et il n'y a précisément plus de place pour le gregario.

« Si Lance Armstrong te veut auprès de lui, c'est pour partager le gâteau. Tu n'imagines pas qu'il va te prendre comme un gregario. Pas au prix où il te paie ! » (un manager à Ivan Basso sur le Tour de France en 2003).

Grimpeur

Les grimpeurs forment une caste de petits formats et de poids légers qui forcent l'admiration. Quand le cycliste commun lutte contre la gravité et s'arrache à coups de pédale lourdauds, le grimpeur vole. On le jurerait tiré vers les sommets par un invisible élastique. Assis ou en danseuse, il est capable d'escalader les montagnes à très grand train et surtout d'y accélérer, d'y changer de rythme et de mettre tous ses adversaires dans le rouge.

Le public aime ces grimpeurs purs. Il leur donne volontiers des petits noms : l'Aigle de Tolède (Federico Bahamontes), l'Ange de la Montagne (Charly Gaul), le Pirate (Pantani), Il Diablo (Chiappucci)…

Mais le rythme récent des courses, la bataille dans la plaine, les harcèlements des équipiers et les progrès des coureurs complets les ont un peu rejetés dans l'ombre. En haut des plus hauts sommets, ce sont les gros costauds, les Merckx, les Hinault, LeMond, Fignon, Armstrong, qui passent en tête, même s'ils le font sans donner l'impression de voler. Les grimpeurs purs jouent placés, à l'image de l'inusable Lucien Van Impe, qui a couru quinze Tours de France et a été classé neuf fois dans les six premiers, six fois meilleur grimpeur, trois fois au Giro, et qui n'a replié ses ailes qu'à 41 ans passés.

« S'il n'y avait pas les grimpeurs, le monde serait ennuyeux comme une crêpe. Ce sont eux qui ont inventé les montagnes » (Antoine Blondin, *Sur le Tour de France*, La Table Ronde, 1997).

Gros moteur

Dans une équipe, le gros moteur est une providence. C'est le cycliste surpuissant, doté d'une physiologie exceptionnelle, capable de faire face à des situations athlétiques extrêmes. Il n'a pas son pareil pour boucher un trou, pour étirer le peloton et empêcher quiconque d'en sortir, pour préparer le sprint de son leader ou pour mettre en train une équipe de contre-la-montre. S'il règne, c'est sur les classiques Flandriennes, par temps de chien, ou sur les pavés inégaux des tranchées de Paris-Roubaix. Il n'y a guère que dans les cols que sa grosse cylindrée souffre et se fait enrhumer par ces gringalets de grimpeurs.

« Nous, on n'a pas de problème dans les contre-la-montre par équipe, on a un gros moteur qui nous cale d'entrée aux alentours de 57 à l'heure et ensuite, chaque fois qu'on perd deux kilomètres / heure, on passe le relais. C'est juste le mal au dos qui est terrible » (Andreas Klöden, *L'Équipe*).

Grosses cuisses

Le phénomène est curieux. Parfois, après de longs efforts, la saturation des muscles en acide lactique provoque une enflure des cuisses. Le cycliste se retrouve avec deux gros jambons temporaires, durs comme du vieux parme. Ces outils ne sont pas idéaux pour la pratique souple de la bicyclette, mais il faut faire avec. Le phénomène ne dure pas. Il se réduit au massage ou disparaît comme par désenchantement.

« Tu ne me croiras pas, j'ai pris les grosses cuisses et j'ai été obligé de couper mon cuissard pour que le sang circule. Maintenant que je suis dégonflé, on dirait une jupe » (Djamolidine Abdoujaparov, *L'Équipe*).

H

Hinault, Bernard (né en 1954)

Bernard Hinault était un merveilleux dramaturge de ses victoires. On l'avait surnommé le Blaireau, à cause de son obstination et de sa façon de ne rien lâcher. Je l'imagine davantage sous les traits d'un Jean Vilar du vélo.

Détenteur du plus beau palmarès de l'histoire du cyclisme français, il menait la charge à *son* heure et sur *son* théâtre. La course avait lieu là où il décidait qu'elle devait avoir lieu et il maintenait ses admirateurs dans un état d'impatience unique. Dans la montée du Pla-d'Adet, en 1978, il laisse filer les grimpeurs, les Pollentier, les Zoetemelk, pour revenir sur eux, à son heure, à 2 kilomètres du sommet et les planter là pour aller gagner son premier Tour de France. En 1979, au Giro, c'est dans le col du Stelvio, cher à Coppi, qu'il porte l'assaut.

Il rejoint son équipier Bernaudeau dans la descente et creuse un écart large comme un gouffre que personne ne pourra combler.

Le scénario du Championnat du monde de 1980, à Sallanches, qu'il a écrit de bout en bout, est un modèle du genre. Au matin, il demande aux membres de l'équipe de France de mener un train d'enfer, de rendre la course le plus dure possible. Ce qu'ils font. Au treizième tour, il prend les affaires en main. Il visse. Derrière lui, les adversaires dévissent un à un. Saronni, Moser abandonnent, et puis Pollentier, Millar, Marcussen. Il se retrouve seul en tête avec Baronchelli attaché à ses basques. Pour tout le monde, c'est clair, il en fait trop, Baronchelli s'économise dans sa roue, court en raton et va tirer les marrons du feu. Hinault ménage le suspense jusqu'au dernier tour. Ses accélérations ne sont pas assez franches pour larguer l'Italien. La course semble perdue, mais dans la dernière montée il fait ce que tous ses admirateurs attendaient depuis une heure, il démarre et va gagner à sa façon.

Comme un grand acteur, il a le sens de la réplique : Fignon gagne le Tour en 1984, Hinault ne se plaint pas et revient le battre en 85.

Si, toujours en acteur consommé, il avait soigné son entrée en gagnant son premier Tour à 23 ans, il fut aussi le magnifique démiurge de sa sortie et quitta le peloton en pleine force, sans avoir jamais connu le goût amer de la déchéance, sans avoir couru la course de trop. Il avait 32 ans et il était pour toujours un champion.

HOMME AU MARTEAU

C'est le méchant monsieur qui vous attend au coin du bois pour vous infliger un grand coup de fatigue. L'image donne une bonne idée de la violence et de la soudaineté de la défaillance.

→ Voir *Coup de pompe, coup de lattes, coup de buis.*

I

INDURAIN, MIGUEL (né en 1964)

Miguel Indurain était une statue. Splendidement posé sur son vélo, immobile, comme bloqué dans une position qui ne variait jamais, taillé dans la pierre de la gloire. Miguel ne disait rien et son cœur lui-même se montrait discret. Il ne battait qu'à 29 pulsations par minute pour ne pas faire trembler la statue.

1,88 mètre, 80 kilos, 8 litres de capacité pulmonaire, 88 de Vo2max, Miguel Indurain était d'abord une physiologie exceptionnelle. Cet ancien footballeur était devenu en quelques années, à force de travail, une machine à pédaler. Économe de ses énormes moyens, il contenait les grimpeurs dans les côtes et les écrasait ensuite dans les contre-la-montre. En 1992, dans un effort solitaire de 60 kilomètres, il repoussa son second à plus de 3 minutes – c'est dire si sa marge de manœuvre était immense. Lorsqu'il s'attaqua au record de l'heure, il parcourut 54,53 kilomètres, sans aucune formation de pistard…

Il fut donc le premier à gagner cinq Tours de France de suite, de 1991 à 1995. Silencieux dans la victoire comme dans la défaite, il est resté une sorte de superbe énigme pour les amateurs d'exploits cyclistes. On sait seulement qu'il conservait précieusement tous les vélos de ses victoires.

On raconte que lorsqu'il se retira, début 97, après une saison difficile et un conflit financier durable avec ses employeurs, il se rendit dans un magasin de Pampelune, sa ville, pour acheter… un vélo ! Le vendeur fut un peu étonné de recevoir un tel client. Il lui fit pourtant l'article et il dut se rendre à l'évidence : le Roi de Navarre n'était pas très fort en mécanique.

Insu de mon plein gré

L'expression a fait beaucoup pour la gloire de Richard Virenque, grimpeur populaire. Pris dans la tourmente de l'affaire Festina, en 1998, emporté dans un maelström trop puissant pour lui, pris la main dans un sac, sommé par la justice de s'expliquer sur ses pratiques dopantes, il a expliqué aux juges qu'il avait été dopé « à l'insu de son plein gré ». Cette révélation lui a valu aussitôt la gloire que l'on accorde aux benêts, aux rustauds, à ceux dont on pense qu'ils ne sont bons qu'à appuyer sur les pédales.

Certes, la formulation était maladroite, fautive, mais elle était rien de moins qu'une dénonciation en règle (de grammaire). La suite de l'histoire a prouvé qu'elle n'était pas sans sagesse. Ce qu'elle dénonçait, c'était la formidable hypocrisie des dirigeants cyclistes de tous poils qui, dans le but de protéger leurs positions et leurs fromages, font du dopage, depuis le début des contrôles, une aventure individuelle dont le coureur est seul responsable et coupable. En vérité, l'« insu du plein gré » de Richard Virenque, c'était la manifestation du « plein gré » de son directeur sportif, de son sponsor, de ses patrons et des maîtres du cyclisme. Ce que le coureur disait naïvement, mais fortement, c'est qu'*on* le dopait pour son meilleur et peut-être pour son pire. Les dopeurs en question ont sauté comme des gourmands soulagés sur la faute de syntaxe.

« Les dirigeants savaient tout. C'était un système installé. J'étais complètement aux mains des médecins et je ne peux même pas dire ce qu'ils nous faisaient exactement. Je tendais simplement mon bras et je me laissais piquer » (Jörg Jaksche, *Der Spiegel*).

ISERAN

Force est de reconnaître que l'Iseran est un col plutôt ennuyeux. Certes il monte jusqu'à 2762 mètres d'altitude, mais il faut, dans toute l'interminable première partie de l'ascension, prendre son mal en patience au milieu des camions et des autocars qui vont en procession vers Val-d'Isère ou Tignes. Après Val-d'Isère, pour peu que l'on ne soit pas trop regardant sur les remontées mécaniques, on se retrouve dans la vraie haute montagne. Le passage du pont Saint-Charles est un beau virage célèbre mais, ensuite, l'on doit s'armer de courage et de force parce que l'oxygène commence à se faire rare et que le sommet se dérobe.

En haut, les saisons se mélangent et les skieurs font du slalom en plein août, de l'autre côté de votre route.

C'est à cet endroit précis, sur le toit de l'Europe, que Louison Bobet a choisi d'abandonner et de mettre fin à sa carrière cycliste, en 1959. Il ne s'imaginait pas jeter l'éponge dans un virage anonyme au milieu de la plaine – personne ne l'aurait cru.

IZOARD

L'Izoard, par son versant sud, est un col parfait, celui que l'on doit faire emprunter au débutant pour lui donner le goût de la haute montagne. Il sait se faire attendre et il tient ce qu'il promet. La montée d'approche est longue dans la vallée du Guil, avec, sur la gauche, l'ombre de cette montagne qu'il faudra bientôt escalader. Et puis on tourne à la flèche « Col de l'Izoard 15 » et on s'engage dans la montée. Au début elle est douce, de hameau en hameau, puis arrive cette étrange ligne droite qui traverse le village de Brunissard. La ligne droite est la bête noire du grimpeur. Lorsque vous montez en lacets, vous pouvez juger du pourcentage et de ce qui vous reste à faire d'un simple coup d'œil sur le lacet au-dessus (ou au-dessous si vous préférez le travail déjà fait au travail encore à faire), en ligne droite, c'est impossible. Celle de Brunissard paraît interminable, parce que, sournoisement, elle se transforme en mur. Vous vous croyez paisiblement engagé sur une route de village et vous êtes, en vérité, déjà dans les plus forts pourcentages de la côte. Ajoutez à cela que la route est dégagée et qu'il y fait en général une chaleur de four. Vous avez déjà usé tous les braquets de votre roue libre, vous avez déjà conclu que vous étiez hors de forme ce jour-là et vous atteignez enfin la limite de la forêt.

Là, le col devient un classique col de haute montagne. La route monte d'épingle en épingle à travers une forêt de résineux à odeur de Sud, très pentue et assez régulière, souvent à l'ombre. Et puis soudain, alors que votre dos et vos cuisses n'en peuvent plus de ces kilomètres accumulés, alors que l'altitude commence à prélever son quota d'oxygène, vous tournez à droite et l'Izoard vous fait son cadeau.

Le cadeau de l'Izoard se nomme la Casse déserte. Il s'agit d'une belle descente de 500 mètres environ dans un paysage de caillasse et de rochers découpés – on le dit toujours « lunaire » mais, n'ayant pas pédalé sur la Lune, je me garderai bien de suivre cette pente caillouteuse. La combinaison du moment de repos inattendu offert par la descente et du spectaculaire paysage fait que tout cela s'imprime en vous de façon indélébile. Il n'existe pas deux Izoard et on ne vous trompera jamais sur la marchandise.

Dans ce paysage insolite, les mains sur les freins, vous avez tout le temps de penser aux grandes batailles du Tour. Lorsque la course faisait encore étape à Briançon, au pied du col, l'Izoard était le juge de paix. Il a été le grand col des années 50, le grand col de la rivalité Bobet-Coppi. Il n'était pas encore goudronné à l'époque, mais le tracé de la route était le même. En 1953, c'est précisément dans la Casse déserte que Fausto Coppi, qui ne courait pas le Tour cette année-là, s'était posté pour regarder passer la course. Lorsque Bobet arriva en majesté (et en tête), il se pencha vers sa compagne, la Dame Blanche, et s'exclama : « Il est beau, Louison ! » Rien d'étonnant donc que ce soit précisément là qu'une plaque rende un hommage double aux deux champions. Vous la voyez sur votre gauche au moment même où les affaires reprennent.

Car, après le cadeau de la Casse déserte, l'Izoard vous invite à une fin de montée sévère dans un paysage pelé. Vous avez eu quelques secondes pour reprendre des forces et il va falloir les épuiser. Cette fois vous êtes en haute montagne, dans la compagnie des moutons et du vent, mais il est bien trop tard pour faire demi-tour (il vous faudrait remonter la Casse déserte, de toute façon), la seule sortie est par le haut.

Au sommet, après avoir pris le temps de sourire au bonheur d'être cycliste sur le toit du monde, vous regardez sur le versant nord les lacets que vous allez bientôt descendre, magnifique projet. À l'intérieur du plus ouvert d'entre eux se trouve un gros bâtiment gris. C'est là, assure-t-on, que se réfugia Napoléon lors de sa traversée des Alpes.

J

Jaune

Le maillot jaune est plus jeune que le Tour de France. Si celui-ci est né en 1903, ce n'est qu'en 1919 – et encore, seulement au départ de la 11e étape – que l'on remit à Eugène Christophe le maillot distinctif.

Il n'est pas jaune à cause du soleil de juillet mais parce que le jaune était la couleur du papier sur lequel on imprimait alors *L'Auto*, journal organisateur de l'épreuve.

Il est devenu mythique et la couleur elle-même inspire au cycliste un sage respect.

Journal

En plus de vous donner les résultats de la veille, le journal a la vertu de pomper la sueur et de couper l'air. Glissé entre peau et maillot, il est un isolant parfait pour les longues descentes, sans provoquer l'effet Cocotte-Minute des imperméables. C'est pour cette raison que l'on voit très souvent les coureurs arracher un journal aux spectateurs à l'approche du sommet des cols. Je n'ose pas imaginer la volupté qu'il doit y avoir à dévaler un col, en tête, avec sa propre photo à la une de *L'Équipe* collée sur le ventre.

Jour sans

Avoir un jour sans, c'est connaître une journée de défaillance, un jour de « moins bien » ou un jour de « pas bien du tout ».

Jus

Avoir du jus, c'est avoir de l'énergie en réserve. Souvent, avant une très dure épreuve, les cyclistes coupent leur entraînement un ou deux jours pour se faire du jus. Dans le jus, il y a de la force, mais aussi de l'envie.

K

KILOMÈTRE / BORNE

Les cyclistes utilisent volontiers le mot « bornes » pour désigner les kilomètres. Il est vrai que, à parcourir les routes tout au long de l'an, ils ont le temps d'en voir défiler et d'en compter, des bornes. Les pires sont celles qui passent au ralenti dans les côtes. En plus, elles portent parfois mention de l'altitude, et le cycliste en souffrance a tout loisir de faire un petit calcul pour mesurer la monstruosité de ce qu'il reste à faire.

C'est en bornes qu'on évalue le travail accompli. Deux cyclistes qui se rencontrent se posent automatiquement la question « Tu as combien de bornes ? », ce qui veut dire, en langage clair : « Combien as-tu parcouru de kilomètres depuis le début de cette année ? » Les réponses varient. Les bons touristes appliqués qui ont un métier en font 5 000 par an, les sportifs en font 10 000, et les coureurs, 30 000 environ – mais ils les font très vite.

Il est à noter que les cyclistes ne sont pas tous calculateurs : lorsqu'ils disent avoir fait 100 bornes, ils pensent avoir parcouru 100 kilomètres, mais en bonne logique, sur 100 kilomètres, on compte 101 bornes ! Arrivé là, on n'en est plus à une près.

KOBLET, HUGO (1925-1964)

Élégant, racé, souriant, charmeur, décontracté, gentil, un rien frimeur, Hugo Koblet était un bien beau cycliste tragique. Célèbre pour ses lunettes qu'il portait au-dessous du coude, comme un skieur, glorieux pour son peigne qu'il sortait à quelques encablures de l'arrivée, respecté pour son échappée solitaire historique de 140 kilomètres entre Clermont-Ferrand et Brive, admiré pour sa belle victoire au Tour de France 1951, magnifié par sa rivalité avec le brutal Ferdi Kübler, Hugo Koblet semblait avoir tout pour lui. Il aimait l'Amérique, les jolies femmes, les voitures rapides et les étapes rondement menées. Au début des années 50, tout lui était promis.

Et soudain, sans explication plausible, la force l'a quitté. Incapable de franchir les cols, puis les simples bosses, il pleurait de désespoir sur son vélo, cherchant à tout prix sa vieille force perdue, prenant des risques insensés. Jusqu'en 1958, il courut derrière son ancienne gloire, puis il se retira, éreinté. La lassitude ne l'abandonna pas pour autant, il voyagea, il dépensa, il fit des dettes, sa femme l'abandonna, son garage périclita, et, un jour de novembre 1964, son Alfa Romeo quitta la route à 120 à l'heure pour aller s'écraser sur un poirier. Il avait 39 ans.

KÜBLER, FERDI (né en 1919)

Ferdi Kübler n'était pas un coureur comme les autres. Il le disait lui-même. Lorsque Geminiani, en 1955, lui fit remarquer qu'il attaquait la montée du Ventoux avec un peu trop d'ardeur : « Attention, Ferdi, le Ventoux n'est pas un col comme les autres ! », il lui répliqua : « Ferdi non plus pas comme les autres. Ferdi grand champion ! »

Ce colosse suisse fut surnommé le Fou pédalant, l'Homme-Cheval, l'Aigle d'Adliswil, il flinguait en hurlant et se construisait un palmarès confortable à grands coups de boutoir – y compris un beau Tour de France, en 1950. Il fut le seul coureur à remporter la même année tous ses championnats nationaux : route, course de côte, cyclo-cross et poursuite ! À l'élégance de son grand rival, Hugo Koblet, il opposait une énergie de démolisseur dont le grand Bobet lui-même fit parfois les frais.

« Il avait une façon de hennir à vélo, de saisir son guidon comme des pistolets, de relever sa casquette au grand vent qui vous obligeait à penser que Ferdi était le cow-boy du cyclisme » (Jean Bobet).

L

Lanterne rouge

La lanterne rouge, c'est le dernier. C'est celui qui ferme le peloton, à la manière de la lanterne rouge que l'on accroche au bout du train. Pendant très longtemps cette place a été dans la lumière des médias et une petite bataille se livrait en fond de paquet pour savoir à qui reviendrait le mérite d'être dernier. Cette habitude est aujourd'hui perdue.

Largué

Être largué, c'est être lâché par le peloton, ou par les échappés, ou par ses camarades de route.

Lever le coude

Dans le peloton, on ne lève pas seulement le coude pour boire. On le lève pour signifier au camarade qui se tient derrière soi que son tour est venu de prendre le relais. Il va sans dire que si le message du lever de coude est clair, ses effets ne sont aucunement garantis.

Lever les bras

Il est d'usage de lever les bras pour franchir la ligne en vainqueur. Ce signe est celui d'une joie calculée. Il ne s'agit pas pour le coureur de montrer qu'il sait aller à bicyclette sans tenir le guidon – c'est là volupté de débutant –, il s'agit bien davantage de faire lire le nom du sponsor qui orne le poitrail du maillot. Le lundi matin, les journaux étalent à leur une la photo du vainqueur devenu parfaitement lisible par la grâce de ses bras levés.

« Je suis arrivé tête baissée de peur de me faire reprendre sur la ligne et le patron m'a fait la gueule le lendemain parce qu'on ne voyait pas mon maillot dans les journaux. C'était pas la peine de se lever le cul pour gagner » (Bernard Thévenet, *Jours de gloire*).

Ligne de chaîne

Selon le braquet que l'on utilise, la chaîne est plus ou moins en ligne. Si vous êtes par exemple sur le petit plateau et sur le petit pignon, votre chaîne est étirée au maximum en oblique. Le rendement s'en ressent, elle s'use trop vite et, à terme, risque de se casser. Dans la large gamme des développements, il faut choisir celui qui offre la meilleure ligne de chaîne possible.

Par extension, on dit parfois d'un coureur en forme qu'« il a la bonne ligne de chaîne », le bon rendement.

LYRIQUE

Le vélo est un espace lyrique. On peut, entre amoureux du cyclisme, s'indigner, admirer, pousser les hauts cris, glorifier les jeunes et les anciens, vilipender les traîtres et les tricheurs, aimer jusqu'à l'aveuglement, s'emporter, parier, jurer.

On peut parler du vélo comme Jacques Goddet, en sortant la grande plume d'oie des maîtres d'autrefois, en rehaussant les cimes, en creusant les gouffres, en gonflant les muscles et les âmes. On peut en parler comme Pierre Chany, comme Philippe Bouvet, en extrayant la mathématique et la forme de la course, en nommant la stratégie, la ruse, en se tenant dans le possible et l'implacable, près du chronomètre. On peut en jouer comme Blondin et fondre le peloton dans la culture pour lui donner encore un supplément d'envol.

Si d'aventure les faits sont rebelles et viennent tempérer votre enthousiasme, c'est au nom d'un enthousiasme neuf. Le jour sombre où un vieux champion vous trahit est forcément le jour où un nouveau venu vous enchante. Les grandes passions cyclistes sont rarement tristes.

M

Maillots

Le maillot jaune était né en 1919. Il se sentait un peu seul. En 53, Jacques Goddet décide de célébrer le cinquantenaire du Tour en créant le Grand Prix du cinquantenaire. Ce sera le maillot vert du classement par points. (Il est à noter qu'en 68, chose étrange, il était rouge.)

En 1975, fut créé le maillot blanc à pois rouges du meilleur grimpeur. Félix Lévitan voulait un maillot comme celui de son ami le pistard Henri Lemoine, l'Homme aux petits pois, qui était devenu une star dans les années 30 grâce à son maillot blanc à pois orange.

Le meilleur jeune – moins de 25 ans – du Tour porte un maillot blanc. Mais si le jeune en question est encore meilleur, il peut porter le jaune, comme Hinault qui gagna son premier Tour à 23 ans.

Quelle qu'en soit la couleur, l'essentiel est de « montrer le maillot ». Les coureurs s'efforcent au maximum de faire passer leur maillot à la télé. Lorsque la retransmission de l'étape commence, les coureurs se ruent pour prendre la tête et arborer fièrement leurs couleurs et leurs marques.

« Il en faut, des gars qui montrent le maillot. Je pense être payé pour. Aujourd'hui, j'ai fait beaucoup d'audience à la télé. Il y a des coureurs qui sont là pour gagner des courses, d'autres qui sont là pour montrer le maillot » (Stéphane Augé, *L'Équipe*, 7 juillet 2007).

Mal

Se faire mal est une habitude bien cycliste. Il ne s'agit pas de se blesser, mais bien de se rentrer dedans, d'aller chercher la douleur pour améliorer la performance, de se mettre à bloc et, si possible, au-delà. Les cuisses se nouent, le souffle est court, la gorge brûle.

L'idée est bien sûr de repousser ses limites et de tenter de s'améliorer, mais également de se dire que, les hommes étant ce qu'ils sont, si je me fais mal, j'ai de bonnes chances de faire mal aux autres.

Manufrance

Enfant, à Saint-Étienne, j'avais l'impression de vivre au centre du monde. Manufrance envoyait son catalogue partout et je me tenais sur le moyeu de la roue. Le catalogue de Manufrance a été une des plus belles machines à fabriquer des rêves cyclistes (et tant d'autres). On pouvait choisir là son modèle de bicyclette, ses pièces détachées, toutes décrites par le menu, ses accessoires, dessinés soigneusement au trait réaliste. C'est là, et seulement là, que l'on pouvait acheter la célèbre « Hirondelle ». La reine des bicyclettes pour des décennies, celle qui servait aussi la loi et l'ordre et qui prêta généreusement son nom aux gendarmes qui l'enfourchaient.

Étienne Mimard, qui fonda la maison en 1885, était un génie visionnaire. Il inventa la vente par correspondance et assura son contrôle de qualité en fabriquant tout sur place : vélo, armes, machines à coudre, etc. Sa manière était si personnelle que, lorsqu'il mourut sans héritiers directs, personne ne fut vraiment capable de faire survivre le modèle, qui mit quand même une bonne quarantaine d'années à disparaître pour de bon.

Marcher

Obtenir des résultats, être en forme.

Marcher à l'eau claire

Avoir une préparation saine et ne pas utiliser de moyens troubles ou obscurs pour améliorer son rendement.

→ Voir *Dopage*, *Insu de mon plein gré*.

Massage

Mon rêve cycliste, jamais réalisé, est de me faire masser au soir d'une grosse sortie. Il me semble qu'il doit y avoir, dans ce temps que l'on passe sur la table de massage, un moment de repos et d'abandon parfaits. Tant de choses doivent se dénouer là. À tel point que beaucoup de cyclistes reconnaissent volontiers prendre leur masseur pour premier confident.

« Raymond Le Bert avait la main, don providentiel pour un masseur. Son toucher était particulier, fût-il profond pour le massage minutieux de récupération d'après-course, ou saccadé pour le massage innervant d'avant-course. Le soir, le massage pouvait durer une heure lorsque les dégâts de la journée l'exigeaient. Cela commençait par la réparation du dos parce que c'est crasseux là-dedans, mon petit. Du bout des doigts, Raymond cherchait et trouvait tous les points douloureux, de la nuque à la plante des pieds en s'attardant sur les jambes, bien sûr. On s'affalait sur la table de massage, fatigués, parfois détruits. On se relevait nettoyés, régénérés. Raymond, lui, était comme vidé de ses forces. Entre lui et nous il y avait comme un transfert d'énergie» (Jean Bobet, *Demain, on roule…*, La Table Ronde, 2004).

Médias

Tout le système de la course cycliste repose sur la complicité avec les médias. Si cette chaîne-là venait à se briser, c'en serait fini de la course. Si les journaux cessaient de publier les photos et les classements, si la radio cessait de prononcer le nom des équipes et de leurs sponsors, si la télé cessait de filmer les maillots et les panneaux publicitaires, la course s'arrêterait.

La course cycliste est un spectacle gratuit. Les bords de route sont ouverts au public, la course n'a pas d'autre prix que celui de son exposition.

Jusque-là, tout va bien. Du moins, tout va très bien pour le Tour de France, qui est le sommet médiatique de la saison. Pour certaines courses devenues plus «discrètes», la situation est plus difficile, en revanche.

Né pour faire vendre le journal *L'Auto*, le Tour de France a tissé avec les médias successifs des relations d'une rare intensité. Il tient sa place dans la presse écrite et particulièrement dans *L'Équipe*, descendant de *L'Auto*. Il a apprivoisé la radio au fil de son développement : on y a fait les premiers essais de transmission « en direct », et les voix de Georges Briquet ou de Jean-Paul Brouchon sont dans toutes les oreilles. Avec la télévision, le Tour a atteint des sommets de popularité mondiale. Le spectacle de la course est beau. La télévision y a mis du savoir-faire et des moyens. Le spectacle de la France est assez beau aussi pour captiver des spectateurs que la course indiffère. Le spectacle du spectacle lui-même finit par avoir ses amateurs.

Cette intense relation ne va pas sans poser quelques problèmes de consanguinité. Comment traiter dans les médias les problèmes du dopage ou les scandales de l'organisation sans tuer la poule aux œufs d'or ? On a vu plus d'un journal hésiter devant une vérité qui crevait les yeux, on a entendu plus d'un commentaire « prudent » là où une enquête s'imposait… Une brèche a été ouverte en 2007 lorsque pour la première fois, face à l'avalanche de problèmes de dopage, la télévision allemande a décidé de ne plus retransmettre l'épreuve.

MERCKX, EDDY (né en 1945)

Ne cherchez pas, à l'exception de Paris-Tours, il les a toutes gagnées. Entre 1968 et 1977, Merckx a régné sans partage sur le monde du vélo. Je l'adorais, et il était facile à aimer puisqu'il gagnait toujours. Il n'était pas de ces champions fragiles que l'on pousse de la voix de peur qu'ils n'oublient leur mission. On ne le surnommait pas le Cannibale pour rien. Il montait plus vite que les grimpeurs, roulait plus vite que les rouleurs et battait les sprinteurs au sprint. Aucun terrain ne lui était défavorable, aucun climat, aucune forme de course. Il était la rencontre miraculeuse entre une machine à deux roues, une physiologie et une psychologie exceptionnellement faites pour le vélo.

Intraitable avec les autres, intraitable, sans doute, avec lui-même, il n'était pas là pour faire de la broderie cycliste ou de la stratégie. Il était là pour gagner. Il ne faisait pas tout à fait le même métier que les autres. Ce que j'aimais chez lui, lorsqu'on l'interrogeait, c'était ce débit lent, en parfaite contradiction avec sa pédalée, et cette espèce de regard triste, de mélancolie sourde. Il ne parvenait pas vraiment à se réjouir d'une victoire parce qu'il était déjà concentré sur la suivante, parce que le métier de gagner toujours est un métier souvent triste.

Sa domination était admise. On l'attaquait, on l'égratignait parfois, on le battait même, mais le peloton entier savait et reconnaissait qu'il était le plus fort. Personne jamais ne put faire avec lui un couple crédible ; contrairement à Anquetil, il n'eut pas son Poulidor, contrairement à Coppi, il n'eut pas son Bartali. Personne ne montait plus haut que son pédalier, même pas Ocaña, qui lui donna la plus belle réplique.

Une parfaite illustration de cette reconnaissance est celle de Bernard Thévenet lui-même, alors qu'il venait de le battre dans la montée de Pra-Loup et de lui prendre le maillot jaune, lors du Tour 75. Se réveillant dans la nuit et voyant le maillot jaune sur le dossier de sa chaise, il se demanda dans un demi-sommeil : « Qu'est-ce que je fous dans la chambre de Merckx ? »

« J'avais compris que les choses ne seraient plus comme avant. L'année suivante, j'ai terminé dix-sept fois deuxième. Merckx massacrait ses adversaires. Ses victoires laissaient chez ses rivaux des blessures indélébiles. Il n'attaquait pas comme les coureurs d'aujourd'hui à un kilomètre de l'arrivée. Mais je ne regrette rien. Sans lui, je n'aurais pas été le même coureur » (Felice Gimondi, *L'Équipe*, 27 mai 2007).

« Exact au rendez-vous que sa jeune légende lui a prescrit, sans hargne, rogne ou grogne, par le jeu naturel de dons hors du commun, Eddy Merckx allait son petit surhomme de chemin » (Antoine Blondin, *Sur le Tour de France* [1969], La Table Ronde, 1997).

« Au sommet d'un petit col, alors que nous suivions Eddy Merckx, déjà, encore, toujours en tête, j'ai vu une femme entrer en transe à la vue de son dieu vivant, faire ce qui reste pour moi le plus bel hommage : soulever très haut sa robe devant le roi de la pédale» (Daniel Toscan du Plantier, 1974).

METTRE EN ROUTE

À une vingtaine ou une trentaine de kilomètres de l'arrivée, les équipes qui possèdent un sprinteur capable de gagner prennent la course en charge : elles mettent en route. Elles se portent à la tête du peloton et accélèrent le train afin de dissuader les baroudeurs de s'échapper. Si un groupe est encore devant, elles règlent leur train de façon à fondre sur lui dans les tout derniers kilomètres pour que ne puisse pas se développer de contre-attaque. En règle générale, ce sont plusieurs équipes qui mettent en route ensemble et qui haussent le ton. Pour le reste du peloton, ce n'est pas le meilleur moment de la journée. Il faut se faire petit dans l'abri, suivre le train d'enfer et surtout ne pas se faire larguer.

METTRE LE NEZ À LA FENÊTRE

Aller voir ce qui se passe à l'avant, porter une petite attaque pour se faire voir et voir comment les adversaires réagissent.

Moelleux

Se dit d'un coureur talentueux et en forme. Le mot évoque à la fois l'énergie, la qualité et la douceur, la souplesse qui caractérisent l'homme en forme. Ce peut être une qualité momentanée ou, mieux encore, une qualité pérenne, une vertu intrinsèque du champion. Parmi les coureurs, les moelleux constituent une élite enviée.

« Quand on l'a vu arriver dans le peloton, le petit Bernard Hinault, avec son air de Blaireau et son coup de pédale royal, on n'a pas eu à le regarder deux fois pour savoir qu'il était moelleux » (Eddy Merckx, *Ma vie en jaune*).

Montagne

Monter est délicieux. Lever l'œil, le matin, vers le sommet de la montagne, deviner les lacets tracés sur ses flancs, compter les petites flèches qui indiquent les pourcentages sur la carte Michelin, se donner des repères, se préparer est un plaisir sans mélange. Ensuite, on efface les faubourgs de la ville, on s'enfonce dans les arbres, entre les champs, on traverse des villages, et puis, peu à peu, le paysage se purifie, se simplifie et on devient montagne soi-même. On est pure montée. Il n'y a plus que les alpages et les pierres, un monde sans hommes, qu'emplit, seul, le tempo de la pédalée.

Il n'est pas indispensable d'être grimpeur pour connaître le bonheur de grimper, il est à la portée de n'importe quel cycliste. Il faut abandonner le rythme des autres et s'offrir ce moment voluptueux de repli sur soi et d'échange avec les forces du dehors. L'intensité est au programme et elle n'a rien à voir avec la vitesse. La montagne enseigne l'effort, elle dicte la juste quantité d'énergie nécessaire à la gravir. Et lorsque vous sentez que cette énergie est là, vous êtes de plain-pied dans la beauté des choses. Le chronomètre peut dormir, il ne bat que la mesure alors que depuis longtemps déjà vous êtes la musique.

Morsures

Petites attaques répétées sans véritable intention de creuser de gros écarts, mais plutôt dans le but de tester et d'éprouver l'adversaire. Ces morsures peuvent être l'effet d'un seul ou d'une équipe entière, voire de plusieurs équipes ayant des intérêts communs.

« Pour le moment, nos rivaux n'ont subi que des petites morsures, mais le plus dur arrive » (Gilberto Simoni, Giro, 24 mai 2007).

Mouliner

Tourner vite les jambes, comme un moulinet. Plus les jambes tournent vite, moins l'effort musculaire est grand mais plus l'essoufflement vous guette. L'idéal est donc de trouver son équilibre, qui diffère d'un cycliste à l'autre. Dans leurs luttes acharnées, Lance Armstrong et Jan Ullrich représentaient les deux extrêmes : le premier moulinait comme personne aux alentours de 110 tours / minute, le second écrasait du braquet, jouant à fond de son énorme puissance musculaire, et ils montaient pourtant côte à côte. La vitesse du moulinet, c'est l'homme.

Pour le cycliste du dimanche, mouliner est le secret d'un bon échauffement. Ce peut être aussi le secret d'un long voyage. Qui veut voyager loin mouline sa monture.

« Pour réussir un bon contre-la-montre, c'est simple, il suffit de mouliner sur des braquets énormes. Le seul problème, c'est que c'est impossible » (Jesus Montoya, *Petit, Fier et Rapide*).

Musarder

Musarder est un grand bonheur. C'est la récompense de gros et longs efforts. Il ne s'agit pas simplement d'aller petit train pour bien musarder. Pour le faire avec la volupté requise, il faut être en pleine forme, s'être parfaitement entraîné, être capable de rouler comme un forcené et… ne pas le faire. Musarder à vélo, c'est exactement comme conduire une grosse voiture américaine, avec un énorme V8, sur un simple filet de gaz.

Le nez en l'air, l'impression d'en avoir toujours sous la pédale, vous laissez le paysage se déployer sous vos yeux. Vos braquets sont plus petits que d'habitude, vos jambes tournent toutes seules et vos pensées vont ailleurs, votre âme vagabonde. Il fait beau, il fait bon et la sueur ne coule pas dans vos yeux pour vous aveugler. Même dans la descente, vous laisserez simplement filer.

Musette

L'habitude de la musette ne s'est jamais perdue. Son contenu a changé au fil du temps mais l'appétit est toujours aussi vif. La musette est en toile ordinaire, imprimée au nom de l'équipe et munie d'une bandoulière.

Lorsqu'ils arrivent dans la zone de ravitaillement, le ravito, les coureurs s'espacent pour pouvoir attraper au vol la musette que leur tend le soigneur depuis le bord de la route. L'essentiel étant de ne pas la rater pour éviter la terrible fringale.

Le coureur se passe la musette autour du cou et,

lâchant son guidon un moment, regarde avec gourmandise ce qu'il y a à l'intérieur. Autrefois, les pilons de poulet voisinaient avec les bananes et les tartelettes, aujourd'hui, les bidons d'aliments liquides jouxtent les tubes de pâte à haute teneur calorique et les petits gâteaux de riz enveloppés dans du papier d'alu.

Le coureur répartit tout cela dans ses diverses poches et balance ce qu'il n'aime pas avec la musette au fossé, pour la plus grande joie des spectateurs de hasard et des collectionneurs qui ont calculé l'emplacement idéal où se poster pour la cueillette. La musette, comme le bidon, est à usage unique.

Ensuite, si tout va bien, c'est l'heure bénie du casse-croûte : un coup de pâte liquide, un coup de pâte moins liquide, un coup de sirop, une petite pâte d'amandes… Un festin.

Tout cela, bien sûr, à la condition qu'il n'ait pris fantaisie à personne de flinguer au ravito. De brûler le ravito. Lancer une échappée au moment du ravitaillement est une figure classique du cyclisme offensif. Quand tout le monde ne pense qu'à casser la croûte, l'attention se relâche et les petits malins qui se sont bourré les poches au départ peuvent semer de belles paniques. L'attaque n'est pas élégante (« On ne flingue pas en mangeant », disait Geminiani lui-même), mais elle a souvent prouvé son efficacité.

N

Noms propres

Au début, les noms propres du peloton sentent fort les terroirs de France et les noms de métiers : Garin, Alavoine, Pélissier, Archambaud, Magne, Petit-Breton, Rivière ; puis les vagues d'immigration passent sur la France et dans la course : l'Italie (Geminiani), la Pologne (Walkowiak), l'Afrique du Nord (Abdelkader Zaaf).

Les adversaires de toujours sont des Flandres (Van Looy, Vandenbroucke, Sorgeloos), d'Italie (Coppi, Bartali, Nencini, Gimondi), de Suisse (Koblet, Kübler), d'Espagne (Bahamontes, Delgado, Fuente, Ocaña, Indurain). Puis le reste du monde s'engouffre : les Colombiens (Herrera, Para), les cowboys (LeMond, Armstrong), les Indiens (Hincapie), les Russes (Abdoujaparov), les Kazakhs (Vinokourov), les Australiens (O'Grady, Renshaw)…

C'est toute l'histoire du siècle et du monde qui défile en maillot dans la chanson des noms propres du Tour, celle que diffusent les radios, la télé, les journaux, celle dont on oublie parfois les couplets mais rarement le refrain.

Et puis, la gloire venant, à la litanie des noms se superpose la chanson des surnoms : Poupou, Jaja, le Cannibale, le Blaireau, le Pédaleur de Charme, Tête-de-Cuir, Louison, le Roi René, Il Diablo, l'Ange de la Montagne, l'Aigle de Tolède, Il Magnifico, le Pirate, le Grand Fusil, Chéri-Pipi…

Et enfin, en point d'orgue, celui dont le prestige n'a jamais permis la moindre familiarité, le moindre surnom, celui qui restera intact dans l'Histoire comme « Monsieur Jacques Anquetil ».

« Para Perico è pericoloso !
Ronan Pensec, ramant, peine sec !
Indurain : induration du rein !
Mottet, maté, mollit du mollet dans la montée !
Ekimov, tout mauve d'ecchymoses !
Caritoux, qu'a tout raté, qui rit pas du tout !
Ridaura bien qui ridaura le dernier !
Adrie Van der Poel, droit dans un nid-de-poule !
Alexandre Troubine, exsangue de la trombine !
Calcaterra, catapulta a terra !
Alcala, oulala, cahin caha !
(Et cetera ! Et cetera !) »

(Christian Prigent, *Six Jours sur le Tour*, Éditeurs évidant, 1991).

O

Ode

Si le baron Drais inventa la draisienne
C'est le grand Bibi Fricotin qui fricota le grand bi
Lorsque son oncle Michaux inventa la pédale
Et le travail à la chaîne
L'invention du vélo fut accomplie.

Il n'était plus après que de mettre un paquet sur
les braquets
Ce qui fut fait
On en mit deux, on en mit trois
Et on en est à trente
Qu'on change à l'œil et au doigt
Ce qui est voluptueux
Mais de jambes, toujours deux.

Il n'était plus que d'alléger le cadre
Du chauffage central on glisse à l'acier fin
De l'acier au Duralumin
Du Duralumin au carbone
Poids plume qui carbure et vole
Ce qui est voluptueux
Mais de jambes, toujours deux.

Il n'était plus que de courber le guidon
D'abord de la moustache l'imitation
Puis de la double corne
Il devint le parfait tortillon
Qui allonge les échines du peloton
Ce qui est voluptueux
Mais de jambes, toujours deux.

Il n'était plus que de mettre le frein
Pour dévaler les pentes
Sans trop user le pied
On en mit un devant, on en mit un derrière
Qui grâce au caoutchouc pressé
Pilent sans faire de manières
Ce qui est voluptueux
Mais de jambes, toujours deux.

Il n'était plus que de mettre une selle
Large à l'imitation de celle du cheval
Puis ronde comme deux fesses

Puis fine comme un entre-deux
Et maintenant comme une lame
Souple comme le bois
Ce qui est voluptueux
Mais de jambes, toujours deux.

Il n'était plus que d'attacher les pieds
Aux fatales pédales
Ce qu'on fit à courroies et à clics
Le vélo était prêt
On plaça un compteur pour juger de l'effet
Et on lut que parfois ça filait
Ce qui est voluptueux
Mais de jambes, toujours deux.

Oreillette

L'oreillette est d'invention récente (le milieu des années 80) mais elle s'est répandue comme une traînée de poudre. Lancée par Motorola, alors sponsor d'une équipe américaine, elle permet de communiquer avec le coureur en pleine action.

Jusque-là, les nouvelles circulaient par le peloton lui-même lorsqu'elles étaient d'intérêt général et, lorsqu'elles étaient secrètes et stratégiques, par un cheminement discret depuis la voiture du directeur sportif, relayées par les divers membres de l'équipe.

Les capitaines de route, coureurs expérimentés

et sages comme il y en a dans chaque équipe, étaient également mandatés pour imaginer des stratégies de l'intérieur du peloton et faire circuler les ordres.

Aujourd'hui, tout le monde est en direct avec le patron. Les ordres coulent dans le creux de l'oreille et personne ne peut prétendre ne pas avoir entendu.

Si la plupart des coureurs ont adopté ce système qui leur permet d'avoir des nouvelles du pays et d'écouter la radio en pédalant, certains se montrent plus réticents et plus dubitatifs. Il y a d'abord ceux qui trouvent que l'oreillette les gêne pour entendre les bruits du peloton, il y a ceux qui trouvent que ce truc dans l'oreille est désagréable – on voit d'ailleurs pas mal de ces écouteurs pendouiller dans les montées de col –, et puis il y a les esprits forts qui boudent : « En avoir un qui vous hurle des conseils dans les oreilles à longueur de journée est un calvaire. Déjà qu'il faut pédaler ! » prévenait Bourguignon dès 1996. « Avant, on pédalait avec la tête, maintenant avec l'oreillette. Mais il suffit de la débrancher pour pédaler avec la tête », conseilla Andrea Noe, le 24 mai 2007, pendant le Giro.

P

Panache

Le panache, c'est la valeur ajoutée par les grands champions. C'est la manière, c'est une des marques de la classe. Ce peut être une façon de gagner largement là où l'on aurait pu le faire à peu de frais, ce peut être de laisser la victoire à un compagnon d'échappée, ce peut être un coup de main donné à un équipier pour qu'il en remporte une belle, ce peut être un hommage rendu à un adversaire valeureux. Ce peut être aussi ce que l'on n'imagine pas et que les champions inventent pour être ce qu'ils sont.

Pancarte

1) Avoir la pancarte, c'est être repéré. Si vous avez fait un truc qui vous a mis en lumière à l'intérieur du peloton, vous avez la pancarte, une pancarte dans

votre dos qui dit : « Attention, costaud ! » Dès lors, vous ne pouvez plus courir de la même manière, vous ne pouvez plus vous planquer et vous ne pouvez plus jouer la surprise. Si vous démarrez, on saute dans votre roue. Si vous vous glissez dans une échappée, elle est vouée à l'échec car elle sera chassée. Vous êtes du nombre des coureurs que les leaders du peloton surveillent. Il vous reste à refaire la preuve de votre force à la pédale, et si vous y parvenez, vous devenez un « gros ». Par définition, les gros sont ceux qui ont tous et toujours la pancarte.

« J'ai bien vu que dès la première attaque j'avais la pancarte. J'ai gagné le Dauphiné, je suis champion de France, et tout ça, les autres le savent désormais » (Christophe Moreau, en 2007).

2) Lorsque vous vous trouvez dans un petit groupe et qu'à l'approche de l'entrée d'un village un de vos compagnons crie « Pancarte ! », c'est un défi. Le sprint est lancé et le premier à la pancarte a gagné. Quand il y a un village tous les 2 kilomètres, cela peut coûter cher en fin de matinée.

Paradis

Le paradis cycliste existe, c'est le Massif central en été. Les routes y sont nombreuses, désertes, petites, finement tracées pour épouser la forme des montagnes dodues, elles peuvent être terribles, elles peuvent être ombreuses ou monter droit au soleil. Le paysage est toujours admirable et il n'y a quasiment personne pour le regarder. Les villages ont des allures d'éternité, le ruissellement des fontaines et des ruisseaux étalonne le silence, les moutons tachent les prés, les poules effarées se jettent sous vos roues. Les virages innombrables vous cachent poliment l'ampleur du travail à accomplir et le fin maillage du terrain vous laisse de l'espoir pour un millier d'étés.

J'ai roulé aux quatre routes du monde. Les grands cols inévitables sont devenus des autoroutes surchargées aux beaux jours, l'Amérique n'a pas la juste dimension cycliste, en Italie le réseau des petites routes est lâche… Mille bonnes raisons pour se retrouver dans le Vivarais, dans le Velay ou dans les Cévennes quand sonne le mois de juillet.

« Il y aura un monde fou au bord des routes et les coureurs, quant à eux, trouveront en Bretagne le parcours idéal pour s'amuser et faire le spectacle. L'arrivée à Plumelec réveillera en moi de merveilleux souvenirs. J'y avais endossé le maillot jaune en 1985 pour ma dernière victoire dans le Tour » (Bernard Hinault).

Paris-Roubaix

Paris-Roubaix est une des plus vieilles courses cyclistes encore vivantes. Elle fut créée en 1896, à l'occasion de l'ouverture du vélodrome de Roubaix. C'est une course de 259 kilomètres en direction du nord, réputée pour sa difficulté et pour ses secteurs pavés. Elle est aussi un étrange paradoxe : les aléas sont si nombreux que l'on peut très légitimement dire que la chance joue un rôle déterminant et que cette épreuve est une loterie. Le lot d'injustices que produit chaque édition est légendaire mais, pour autant, cette course a toujours été gagnée par d'immenses champions. Il est nécessaire, pour triompher, de réunir des qualités cyclistes contradictoires. Il faut être puissant mais souple, il faut être prudent et casse-cou, il faut être opportuniste et attentiste, il faut être à bloc et lucide, pour poser ses roues au bon endroit, il faut être généreux, pour entrer en tête dans les secteurs pavés, et économe, pour aller jusqu'au bout de l'effort. Ce sont là paradoxes que seuls les grands champions parviennent à résoudre. Pas étonnant donc que l'on retrouve au palmarès un très grand nombre de vainqueurs du Tour de France, depuis Garin jusqu'à Hinault en passant par Lapize, Coppi, Bobet, Merckx et Moser, et un petit nombre de spécialistes comme De Vlaeminck et Duclos-Lassalle.

« Il y a une vraie dramaturgie ce jour-là, on sait que tout peut arriver. Être dans une échappée de Paris-Roubaix ne passe jamais inaperçu. Ici tout est possible, il faut être à 100 % pour gagner et surtout avoir un bagage cycliste très développé. C'est une vraie course de bourrins » (Florent Brard, *L'Équipe*).

« Si ça n'est pas la plus dure, c'est la plus belle » (Eddy Merckx).

PASSER PAR LA FENÊTRE

Ne plus pouvoir suivre. En général, on passe par la fenêtre lorsqu'on se trouve dans une échappée et que le rythme monte au-dessus de vos moyens. Quand on est passé par la fenêtre, les chances de se refaire sont nulles. Au mieux, on retombe dans le peloton et on y reste. Au pire, on passe aussi par la fenêtre du peloton et on finit l'étape à la ramasse.

« Tu crois ça, toi ! Je fais péter d'entrée, je monte trois cols en tête, je casse la baraque, je suis moelleux comme jamais, et il faut que j'embarque un raton sur mon porte-bagages. J'ai tout essayé pour le faire mener mais il a rien voulu savoir, j'ai essayé de le faire passer par la fenêtre et il a tenu ! Et ce rat vient me faire la gagne au sommet ! Il a intérêt à passer large demain dans les descentes, sinon, il saute » (Vincent Barteau, *Sur mon Tour de France*).

PÂTES

Les pâtes sont les invitées permanentes des menus cyclistes. Pâtes le matin et pâtes le soir. Si elles étaient plus faciles à manger, les coureurs en prendraient également à midi, en pédalant. Les pâtes sont une sorte d'aliment idéal pour la longue route parce qu'elles combinent deux vertus indispensables : elles permettent de se constituer des réserves de sucres lents dont on aura l'usage tout au long du jour, et elles fabriquent peu de déchets organiques, dont on n'a jamais besoin lorsque l'on est à vélo.

« Dis, Coco, qu'est-ce que tu préfères ce soir ? Des pâtes ou des pâtes ?

– J'aimerais mieux des pâtes » (conversation par l'oreillette entre Stéphane Javalet, directeur sportif, et un de ses coureurs dont je n'ai pas reconnu la voix).

Patience

En baver n'est pas le moindre des plaisirs cyclistes. Cela peut sembler paradoxal, mais c'est pourtant une réalité facile à éprouver, même pour le débutant. Et il ne s'agit pas du classique « Ça fait du bien quand ça s'arrête ».

Dans les moments d'effort terrible où l'on a l'impression de ne rien voir et de ne plus rien sentir que la douleur, le corps emmagasine quantité d'informations. Lorsque vous êtes au bout de votre effort, elles se déplient et vous retrouvez des sensations et des images que vous croyiez n'avoir jamais éprouvées ni jamais vues. Je me souviens d'une montée accablante du col d'Allos par son versant nord, un jour où j'étais à jeter. J'avais la sensation d'escalader les yeux fermés. Arrivé au sommet, descendu de mon vélo, assis dans l'herbe sous le soleil frais de la haute altitude, j'ai paisiblement relu tout le paysage de la montée, que je pensais sincèrement n'avoir pas traversé.

Pavé

Le pavé ne participe plus de l'ordinaire cycliste. Il est une survivance, comme la route de terre. Si l'on en parle encore, c'est à cause de Paris-Roubaix, l'Enfer du Nord, et de ses célèbres pavés. Ce sont des pavés de musée, venus d'un ancien savoir-faire, soigneusement entretenus et « rénovés », dans l'esprit même de cet Enfer. Les coureurs qui les subissent les comparent parfois à des chapeaux melon.

« À certains endroits, ils sont recouverts d'une petite mousse qui les rend plus glissants » (Harry Van Den Bremt, chargé du parcours du Tour des Flandres).

Paysage

Il faut avoir roulé une fois seul dans un petit matin d'été, sur une route minuscule, à l'heure où les arbres s'étirent en craquant et où les premiers rayons du soleil leur illuminent la tête, à l'heure où le jour, encore paresseux, arrache le fossé à sa torpeur ombreuse, pour savoir ce que c'est que d'être à l'intérieur du paysage, que d'échanger avec lui sa chaleur et son frisson. Il faut avoir entendu les premiers bruits du jour, les murmures des feuilles, les caquetages et le « glou » des fontaines que la vitesse superpose pour savoir à quel point le vélo est une fabrique de spectacle. La vitesse cycliste met le monde en mouvement sans vous en exclure, vous êtes de chacune de ses humeurs et de chacune de ses vibrations. Vous êtes froid, chaud, bleu, vert, ombre et lumière, vous êtes lapin, coq et lermuze. Un peu de rosée s'est posée sur votre épaule et maintenant il va falloir monter vers le soleil, parce que vous êtes aussi montagne avant d'être plateau, avant d'être vallon. Vous êtes effort et facilité du monde, et le paysage qui ralentit et accélère pour vous seul est votre pays. Vous êtes à vif, sans pare-brise et sans autre chauffage que le vôtre. Vous êtes donnant-donnant.

PÉDALER AVEC LES OREILLES

Dans la violence de l'effort, en montée, le cycliste se met peu à peu à dodeliner de la tête pour accompagner ses coups de pédale. Un coup à droite, un coup à gauche, la tête balance. Bientôt le mouvement est si accentué que l'on ne voit plus que lui. On dit alors que le cycliste « pédale avec les oreilles ». Robic était le grand prêtre de la chose, mais il n'était pas le seul.

Le styliste au contraire est réputé pour ne pas bouger une oreille.

Pédaler carré

Pour être dans la belle allure, le cycliste ne doit jamais oublier qu'il fait des ronds avec ses jambes. Il mouline. Lorsque les choses se compliquent sous l'effet de la fatigue, le geste devient moins harmonieux, les braquets sont parfois trop gros, l'effort devient lisible, le geste est perturbé : il pédale carré.

Pédaler dans l'huile

Tourner facilement les jambes, être en forme. En Bretagne et en Normandie, on utilise parfois l'expression « pédaler dans le beurre ».

« Je pédalais dans l'huile, l'orage a éclaté et je me suis mis à grincer » (Vélocio).

Peloton

Vu du dehors, le peloton est un objet cohérent et simple : une masse de coureurs de toutes les couleurs qui roulent côte à côte. De l'intérieur, les choses sont moins simples. Le peloton est un lieu de vie complexe où tout change et bouge sans cesse. Il faut savoir s'y comporter.

Dans le peloton, on ne voit rien : des dos, des fesses, des vélos, pas la route. On marche donc à l'oreille et on écoute le cri des freins à l'avant. Trois règles d'or : tenir sa ligne et ne pas freiner trop fort, prévenir le moindre danger, garder son rang tout en ne mettant pas ses voisins en péril. Le peloton est une matière élastique et lui conserver sa cohérence suppose que l'on y ralentisse et accélère sans cesse. Cet effort de cohérence vaut la peine d'être fait parce que être lâché par le peloton, c'est s'exposer à ne pas pouvoir revenir dans son abri bienheureux.

Aucune place n'est acquise. Les costauds aiment être devant pour ne pas se faire surprendre, mais le moindre talus bouscule les positions ; certains « reculent », d'autres « montent ». Ceux qui ont reculé remontent sur les côtés pour revenir auprès de leur leader. Tout le monde veut occuper la place idéale, dans le premier tiers, qui ne vous expose pas à relayer trop vite et qui vous évite les gros coups d'accordéon à l'arrière lorsque le rythme accélère à l'avant.

Tout bouge encore selon les accidents de course. Si une échappée se dessine, le peloton accélère. Lorsqu'il renonce à la poursuite, il tombe dans une léthargie momentanée pour mieux se relancer ensuite. Dans les traversées de villes ou sur les routes étroites, le peloton s'étire et les risques de cassure augmentent d'autant.

Le peloton est aussi en péril dans les fins de course,

lorsque les grosses équipes de sprinteurs embrayent et accélèrent brutalement pour aller chercher les fuyards et dissuader les amateurs d'échappées tardives. D'autant que cela se passe généralement dans les faubourgs des grandes villes, hérissés de ronds-points, d'îlots de dérivation et autres trottoirs. Là, les places sont chères et rester en queue de peloton vous expose toujours au danger de la cassure, qui, à l'allure où va la course, sera impossible à combler.

Même si c'est une gloire de s'échapper, et l'ambition de tout cycliste, rester dans le peloton se mérite et travailler à l'intérieur est un honneur.

PERCER

Crever.

« Voilà un fauve qui sur le bord de la route dévore du caoutchouc avec férocité. C'est le maillot jaune Bottecchia. Il a crevé. Bottecchia, pour aller plus vite, arrache son pneu à pleines dents » (Albert Londres, 1924).

PETITES ROUES

Les roues classiques d'un vélo de course mesurent 700 millimètres de diamètre : on dit des « roues de 700 ». Parfois, pour obtenir une plus grande nervosité dans les montées, les coureurs mettent les « petites roues ». Elles ne font plus alors que 650 millimètres.

PIGNON FIXE

Autrefois, après la trêve hivernale, les cyclistes démarraient leur nouvelle saison sur un pignon fixe. Le vélo n'avait qu'un seul développement et, du fait qu'il n'avait pas de roue libre, on devait pédaler sans cesse, en descente comme en montée. Il était comme un vélo de piste. L'effort très particulier imposé par ce braquet unique et le devoir de ralentir dans les descentes par la seule force musculaire étaient supposés accélérer la mise en forme. Le pignon fixe allait très bien avec les knickerbockers, les chaussettes écossaises et le sweater à col roulé.

Les cyclistes modernes n'utilisent plus le pignon fixe et préfèrent d'entrée jouer avec leurs 20 vitesses. En revanche, les coursiers new-yorkais l'ont adopté. Ils vont livrer leurs enveloppes et leurs petits colis comme des pistards. Je me suis toujours demandé pourquoi cet engouement et comment on pouvait circuler dans les embouteillages de Manhattan en freinant seulement à la force du jarret.

PIPI

1) *Miction*. Faire pipi lorsque l'on est à vélo pendant de longues heures et que l'on boit beaucoup est inévitable. Ce qui ne veut pas dire facile pour autant. En règle générale, deux solutions s'offrent au cycliste.

La première consiste à descendre de sa bicyclette et à faire pipi dans le fossé. C'est une solution simple et largement éprouvée. Son inconvénient est que cela peut donner l'idée aux adversaires d'en profiter pour placer un démarrage. Lors du Giro 1957, Charly Gaul, attaqué par Bobet et Geminiani alors qu'il faisait pipi, a sévèrement menacé les deux Français : « Avant d'être cycliste, j'étais garçon boucher tueur, aux abattoirs ! » les a-t-il prévenus. Cet épisode lui a valu le surnom de Chéri-Pipi. Aussi, aujourd'hui, les cadors du peloton décident d'un arrêt-pipi collectif en rase campagne pour dissuader les petits malins. La seconde solution consiste à faire pipi sans descendre de machine et sans trop se mouiller. C'est une de ces virtuosités dont seuls les coureurs ont le secret. Il faut avoir de l'élan, une vessie tonique et un bon sens de l'équilibre.

2) *Contrôle.* L'autre pipi cycliste est celui que les coureurs doivent faire à l'arrivée sous l'œil inquisiteur des contrôleurs du dopage : trop d'abus ont été commis par le passé pour que ce pipi-là puisse se faire en toute intimité. Les coureurs qui voulaient passer à travers les mailles du filet sortaient de leur poche une poire d'urine empruntée et la vidaient dans l'éprouvette. Jusqu'au jour où le contrôleur annonça gaillardement à un coureur qu'il attendait un bébé. Depuis lors, le peloton pisse à vue.

PISTE

→ Voir *Écureuil.*

« Ordinairement, n'est-ce pas, quand on construit un vélodrome, les organisateurs mettent tous leurs soins à établir une piste aussi roulante que possible. On choisit, dans ce but, des matériaux lisses, asphalte, ciment, etc., etc. (et même plâtre silicaté, comme au vélodrome nouvellement construit à Pont-Audemer). Le Vélo-club claquebecquois, lui, s'y est pris de toute différente façon. La piste de son vélodrome est en macadam. Jusqu'à présent, rien d'extraordinaire. Mais où commence la loufoquerie, c'est que ce macadam est copieusement recouvert d'une couche de glu » (Alphonse Allais).

PLUIE

Sauf au mois d'août, lorsqu'elle fait monter les odeurs du goudron et de la forêt et délivre de la chaleur, pour moi, la pluie est une plaie. Glacée dès que la vitesse s'en mêle, elle pique, elle aveugle, elle détrempe, elle contraint à porter un imperméable-étuve, elle transforme la chaussée en patinoire et neutralise les freins. Le prochain bistrot est le bon.

Pour les coureurs, elle peut étrangement être complice. Il y a des spécialistes, voire des orfèvres, de la douche froide. Il est vrai que se sentir comme un poisson dans l'eau quand tous les autres rêvent de chocolat chaud et de serviette-éponge donne un avantage certain.

Quelques grandes heures de la course cycliste se sont déroulées sous la pluie. En 1958, c'est Charly Gaul qui taille une étape de légende entre Briançon et Aix-les-Bains sous un déluge de pluie grise et glacée ; parti seul dans le premier col, il prend 12 minutes à Geminiani, 13 à Anquetil et 19 à Bobet. C'est Hinault, amateur de situations extrêmes où sa force s'impose encore plus, qui gagne un Liège-Bastogne-Liège d'épouvante en 1980. En 1993, c'est le jeune Lance Armstrong qui remporte un Championnat du monde dans des conditions terribles à Oslo. Le pilotage sous la pluie et la neige est une spécialité de cracks.

« Les organisateurs cette année sont des assassins. En plus des pavés, ils ont ajouté la pluie et la boue » (Luis Ocaña, *Sous mon soleil*).

Pneus et boyaux

La guerre entre les tenants du pneu et les tenants des boyaux est finie. Le peloton se partage par moitiés et tout le monde est serein.

Autrefois, le pneu, plus large, plus lourd, plus robuste, plus résistant aux crevaisons, et plus commode d'usage et de réparation, était le privilège des seuls touristes. Devenu fin et léger, il rivalise désormais avec le boyau, dont la chambre à air est intérieure et qui se colle directement et rapidement sur la jante. Les coureurs étant autorisés à changer librement de roue, l'usage du pneu n'est plus pénalisant.

Poids

Le poids est l'obsession du cycliste. Un surpoids d'1 livre se paie en lourdes secondes sur la montée d'un col. Le temps est bien passé où les coureurs arrivaient au départ d'un grand Tour avec quelques kilos de trop qu'ils perdaient au fil des étapes. Le temps n'est plus où ils en perdaient 5 ou 6 dans la journée en avalant quatre cols. Aujourd'hui, le coureur cycliste est maigre ou il n'est pas. La spectaculaire mutation de Lance Armstrong a commencé par la perte de 12 kilos sur son ancien poids de forme. La devise générale est « Squelette et muscle ». La graisse est chassée comme une peste, le muscle inutile aussi. Tout, dans le cycliste, doit être moteur.

Cette fréquentation des limites physiologiques implique des comportements alimentaires particuliers : toujours manger, toujours boire, ne jamais laisser l'organisme puiser dans les réserves qu'il n'a plus. Mais aussi veiller à ne pas prendre 1 gramme pendant une journée de repos, à ne pas grossir pendant l'intersaison. Un coureur me confiait qu'il pouvait sentir une différence en côte à 200 grammes de poids de corps près…

Pour le cycliste du dimanche, le problème est différent. Le vélo est le meilleur apéritif. Gros consommateur de calories, l'effort qu'il demande vous ouvre un appétit d'ogre qui transforme votre déjeuner dominical en festin. Les plus beaux repas se trouvent tous au bout de la sortie. C'est pour cette raison que les restaurants sont devenus des objectifs avoués de nombre de compagnies cyclotouristes – comme les célèbres « Fléchards du bouquet garni », qui visent à longue distance les trois-étoiles du Michelin.

« J'ai toujours aimé me faire opérer. Quand le chirurgien m'enlevait quelque chose, je me disais : Tu seras plus léger sur le vélo, tu grimperas mieux » (René Vietto).

Poireau

Le poireau est le cycliste paisible, celui qui est planté là, immobile au milieu de la route, ou presque. Chaque cycliste a son poireau, chaque niveau a son niveau inférieur qui le rassure.

Portière

La portière que l'automobiliste ouvre sans regarder derrière lui est l'ennemi numéro un du cycliste urbain ou périurbain. J'avais une petite dizaine d'années quand j'ai voltigé par-dessus ma première portière. Cela m'a rendu vigilant pour trente ans. Trente ans plus tard, la deuxième m'a brisé le doigt.

Position

La position à vélo est la quadrature du cercle. La plus confortable n'est pas la plus efficace et la plus esthétique est rarement la meilleure. Lorsqu'on est mal, on accuse souvent sa position, lorsqu'on est bien, on voudrait en profiter pour la modifier. Lorsqu'on en tient une bonne, on est tout étonné qu'au fil du temps elle ne soit plus aussi bien adaptée. Le corps change, la manière de pédaler aussi, des douleurs s'installent pour ne plus disparaître. Dans tous les cas, la position a bon dos.

De toute façon, elle est la résultante d'un compromis permanent entre l'impératif de ne pas offrir trop de prise au vent et la nécessité de respirer à son aise et de ne pas se figer dans une posture qui peut devenir douloureuse.

Les coureurs sont dans l'aérodynamisme à tous crins. Leurs positions sur les vélos de contre-la-montre sont à la limite du supportable. Les touristes en tiennent pour davantage de confort, mais ce qu'ils cèdent sur la position leur est souvent repris par la raideur des matériaux.

À partir de là, tout se mesure, tout se pèse et tout se reproduit. Des spécialistes peuvent vous faire à grands frais une position idéale. Mais ce sera à vous ensuite de la tenir.

« C'est un menhir chevauchant un dolmen » (Jacques Perret, à propos de Jean-Marie Goasmat).

Pot belge

Le pot belge, ou pot des fous, est un mélange diversement dosé d'amphétamines, de cocaïne, d'antalgiques, de caféine, d'héroïne et de morphine. La totale, en quelque sorte. Les effets que l'on en attend sont l'euphorie, l'oubli des douleurs et de la fatigue, le coup de pédale léger et le moral au beau fixe. Les effets négatifs que l'on ne peut éviter sont ceux des dépendances classiques aux drogues dures.

Ce pot, facile d'accès et relativement peu cher par rapport aux autres formes de dopage, fait le lien entre dopage et toxicomanie.

« Des drogués se cachent-ils dans le peloton ? » demandait un humoriste, mettant le doigt sur un des problèmes de la sortie du monde cycliste, le drame de Freddy Maertens, le drame fatal de Marco Pantani. La combinaison de la perte d'une activité intense et glorieuse et de la dépendance à des drogues dures a pour certains un goût de suicide et de mort.

POULIDOR, RAYMOND (né en 1936)

Chaque fois que je pointe mon nez sur la route du Tour, je croise Poupou qui vend du Poupou. C'est fou ce qu'il ressemble à lui-même. Poupou un jour, Poupou toujours. C'est de la gloire inoxydable, même s'il a quitté le peloton depuis 1977. Une année marchand de café, une année employé de banque, en vérité éternellement marchand de lui-même, confit dans cette poupoularité qui est un lingot.

Tout en lui célèbre les épousailles de la foule et de son champion. Car il en était bien un. Son vrai palmarès brillant est caché par son personnage d'éternel second. Second d'Anquetil, second de Merckx, il joua ensuite placé sur deux générations et gravit huit fois le podium du Tour. Merveilleux grimpeur, excellent rouleur, il manquait à coup sûr de vice et de sens de la combine, mais quelle santé ! Rien en lui ne marquait la douleur ou l'angoisse et, lorsqu'on le voyait, on se disait : « Le vélo fait du bien. » Ce que la foule sait depuis toujours puisqu'elle hurle encore « Vas-y Poupou ! » chaque fois que passe un cycliste.

« La bourde, l'inexorable bourde qu'on attend de Poulidor nous bourdonne aux oreilles et commence à nous les chauffer un petit peu. On se demande par quelle monstrueuse injustice a fini par naître ce personnage d'idiot du peloton, comme on dit "idiot du village", alors que l'homme est certainement beaucoup plus subtil qu'on ne pense» (Antoine Blondin, *Sur le Tour de France* [1965], La Table Ronde, 1997).

POUSSETTE

La poussette fait du bien. C'est pour cette raison qu'elle est interdite. En côte, elle vous aide à franchir un passage difficile, sur le plat, elle vous aide à boucher un trou, voire à lancer un sprint ou un démarrage.

Il existe deux grandes sortes de poussette. La poussette du spectateur, d'abord, qui ne peut avoir lieu que dans les grands cols, lorsque la différence de vitesse entre le piéton et le cycliste s'amenuise. Cette poussette se subdivise en deux: la poussette «non sollicitée» (c'est son nom officiel) que le spectateur vous offre par enthousiasme, par entrain, parce qu'il vous aime ou qu'il veut saisir l'occasion de vous empoigner le postérieur, et la poussette «sollicitée», celle que vous appelez de vos vœux et de votre voix parce que vous êtes cuit-mort et qu'un coup d'ascenseur est ce qui peut vous arriver de mieux à cet instant pénible de votre vie. L'autre sorte de poussette vient de l'intérieur du peloton – le plus souvent, elle est un effet de bonté ou de stratégie d'un de vos équipiers. Plus difficile à voir, plus délicate à sanctionner, elle était monnaie courante dans les pelotons de jadis où les jeunes devaient pousser les vieux vers de nouvelles victoires. Cette pratique est aujourd'hui oubliée, surtout depuis que les cyclistes ont découvert d'autres moyens de se pousser et qu'ils montent les bosses à 35 à l'heure et sprintent à 70.

Une figure plus individualiste de la poussette est la bien-nommée « rétropoussette ». Là, le coureur prend appui sur une voiture, sur le bidon qu'on lui tend, ou encore, pour se propulser en avant, sur un collègue, appliquant au malheureux une force inverse qui ne peut que le ralentir. La rétropoussette n'est pas le meilleur moyen de se faire des camarades dans un peloton.

« Tu te rends compte ! Ce connard m'a refusé une poussette dans le Télégraphe sous le seul prétexte qu'il était cuit. On n'est plus servi » (Raphaël Geminiani, conversation privée avec son entraîneur à l'étape de Briançon).

« Dans la montée du Brinzio, un col minuscule, situé en première partie du Tour de Lombardie, Hugo Koblet se penche sur Louison et l'invite discrètement à se laisser glisser vers l'arrière. Ce que fait Louison, suivi de son équipier de frère, dans le sillage du Suisse. Et alors que découvre-t-on de nos yeux ahuris ? Fausto, le grand Coppi, monte le Brinzio en roue libre, poussé à gauche par son colosse Milano, à droite par son fidèle Carrea. Alors Hugo et Louison s'interposent entre chacun des gregari et se contentent d'une seule – mais quelle ! – remarque, "*Basta cosi !*", à l'adresse du Campionissimo » (Jean Bobet, *Demain, on roule…*, La Table Ronde, 2004).

Pyramide

Tous les cyclistes forment une pyramide, au sommet de laquelle se trouvent le maillot jaune, le maillot rose, le maillot arc-en-ciel et les pros des grands Tours. À la base, la horde des poireaux et des diesels du dimanche matin. Entre les deux, les amateurs de toutes catégories, les cyclosportifs, les cyclotouristes de tous niveaux et de toutes obédiences, les occasionnels.

La circulation, contrairement à beaucoup d'autres sports, se fait bien entre le haut et le bas. Le bas admire le haut sans réserve, mais le haut ne méprise pas le bas pour autant. On voit d'anciens champions reprendre la route avec les cyclos, parce que nombre d'entre eux aiment encore le vélo. Les plus glorieux organisent des courses cyclosportives qui portent leur nom (la Hinault, la Jalabert) et auxquelles ils participent. Certains autres, comme Laurent Fignon, organisent des camps d'entraînement où ils partagent leur expérience de la route et de la course. D'autres encore s'occupent des jeunes.

Jean Bobet raconte avec émotion comment, à quelques jours de mourir d'un cancer, son frère Louison voulait encore aller rouler sur leurs routes familières.

Je n'ai jamais croisé un champion qui ait montré

le moindre mépris envers les amateurs. Tous se retrouvent devant leur poste de télé le jour de l'Aubisque ou du Galibier. Le vélo est dur et beau pour tout le monde.

C'est donc très légitimement que les cyclistes d'en bas s'identifient aux cyclistes d'en haut et estiment faire partie du même immense peloton. La preuve : ils roulent sur le même vélo.

En tout cas, je peux témoigner qu'à 60 balais et 80 kilos, chaque fois que je monte sur mon vélo, je pense au Tour de France.

Q

Quelque chose

Prendre quelque chose, c'est se doper. Le mot est volontairement vague et discret, pour éviter d'attirer l'attention des contrôleurs et des copieurs.

Queue de peloton

La queue de peloton est un enfer. D'abord on y est sous la menace permanente de se faire larguer et, surtout, on y subit, en démultiplié, tous les coups de boutoir de l'avant. Se trouver en fond de paquet, c'est devoir relancer sans cesse, attaquer dans le simple but de se maintenir. Remonter le peloton lancé à toute allure est un rêve, et pendant les 30 derniers kilomètres d'une course la queue du peloton est un piège.

R

Ramasser les casquettes

Cette expression a été rapidement démodée par le port généralisé du casque. Jadis, les casquettes s'envolaient dans le vent, parfois les coursiers s'en débarrassaient en route. Ceux qui étaient supposés les ramasser étaient donc ceux qui, attardés, traînaient derrière le peloton. Les ramasseurs de casquettes ont été les perdants de la course cycliste pendant de nombreuses générations.

« J'étais épuisé de ramasser les casquettes, je suis passé à la poésie » (Patrice Delbourg, *La Dépression de 70*).

Rasé

Si les coureurs ne se rasent pas toujours le visage, « pour préserver l'influx » assurent-ils, ils se rasent scrupuleusement les jambes. Tous les huit ou quinze jours, selon la vigueur de leur poil, en général dans la baignoire, avec un rasoir jetable et une bonne mousse à raser.

Les raisons officielles de ce rasage méthodique sont la crainte des saletés dans les plaies en cas de chute, la peur de l'arrachage du sparadrap pour les plus douillets, le massage quotidien, aussi, qui est plus confortable sur une jambe lisse que sur un mollet velu.

Tout cela est vrai, mais la motivation la plus forte est incontestablement esthétique. Les jambes des coureurs sont splendides (ils font ce qu'il faut pour), elles sont une leçon de muscles, de tendons, de veines et, au soleil de juillet, on les dirait de bronze. Elles méritent d'être mises en valeur, or le rasage est la garantie d'une belle jambe.

« La première démonstration-exhibition [de Louison] avec son rasoir électrique devant tous ses coéquipiers réunis et ébahis a constitué un événement tel que, pour moi, l'année 1952 a été l'année Remington » (Jean Bobet, *Demain, on roule…*, La Table Ronde, 2004).

Rat, raton, ratagasse

Le raton est le coureur qui se cache dans le peloton ou dans l'échappée, qui refuse de prendre des relais, qui fait mine d'être cuit pour profiter de l'abri et de la force des autres et qui tire les marrons du feu en volant la victoire à la fin. Ceux qui pédalent et assurent le train disent alors qu'ils « emmènent quelqu'un sur leur porte-bagages ».

La ratagasse est un raton permanent, un pro. Tout le monde le connaît, mais s'il parvient à durer dans le peloton, c'est bien la preuve qu'il est malin comme un rat.

« En clair on allait en rouler une dégueulasse, à se faire péter les varices, pour larguer ces ratagasses qui nous faisaient trop chier. Quelques kilomètres plus loin, j'avais les jambes autour du cou et tout pigé » (Jean Bobet, *Demain, on roule…*, La Table Ronde, 2004).

Ravito

→ Voir *Musette*.

Record de l'heure

La règle est simple : un coureur est seul sur la piste, il roule à fond pendant une heure. Celui qui parcourt la plus grande distance est le recordman de l'heure.

Tous les champions qui s'y sont essayés s'accordent à dire que c'est un enfer. Coppi, Anquetil, Rivière, Merckx, Moser, Indurain, tous disent avoir souffert le martyre pendant cette heure, bloqués dans leur position, les muscles des cuisses et du dos enflammés par l'intensité et la régularité implacable de l'effort, sans le moindre instant de reprise.

Pendant longtemps le record de l'heure a été le passage obligé pour un crack. Un palmarès n'en était pas un sans cet exploit, sans cet enfer.

Au début des années 90, l'affaire se complique avec les mutations techniques du vélo de piste. Graham Obree bat le record couché à plat ventre sur un vélo sans guidon dont l'axe de pédalier est un roulement de machine à laver! Plus tard, c'est au tour de Chris Boardman de parcourir 56,375 kilomètres dans l'heure allongé sur un guidon interminable. Une évolution qui a poussé l'Union cycliste internationale à créer deux types de record : celui sur vélo « ordinaire » et celui sur vélos spéciaux.

Cette confusion a été à l'origine d'une désaffection du public et des champions, qui se sont trouvé d'autres enfers.

Relais

Puisque l'abri est le bien le plus précieux du cycliste en groupe, il convient de le partager. C'est à cela que sert le relais. Après avoir donné le meilleur de lui-même, en tête, le cycliste passe le relais au suivant qui va, à son tour, ouvrir la voie dans le vent. Dans un groupe qui s'entend bien et dont la relation n'est pas perturbée par des stratégies d'équipe, les relais se font en douceur. Lorsque les choses se passent plus difficilement, les coureurs refusent de prendre le relais, pour protéger leur leader, pour faire échouer l'échappée, ou, plus simplement, pour économiser leurs forces en vue du sprint final. Chaque relais coûte cher en énergie. Quand il y a un costaud dans le groupe, il peut accélérer à chaque passage en tête dans le but d'user ses adversaires et de les faire sauter : on dit alors « faire des relais lourds » ou « appuyer ses relais ».

« Je l'ai flairé, il me prenait des relais de facteur et je me suis dit qu'il en cachait. J'ai décidé d'appuyer avant qu'on se fasse reprendre, quitte à me carboniser un peu » (Jean-François Bernard, *Jeff dans le zef*).

Remettre le facteur sur le vélo

Reprendre l'entraînement à la petite vitesse.

« Avant d'aller faire le marlou dans les paquets, il faut remettre le facteur sur le vélo » (Jean-René Bernaudeau, *L'Entraînement cycliste – Première année*).

Remettre une couche

Lorsqu'un démarrage n'a pas suffi à décrocher tous les adversaires, il faut recommencer, remettre une couche. Il suffit d'avoir les jambes. On peut également faire cela par équipe, et ce sont alors les équipiers qui démarrent successivement pour remettre chacun une couche.

« On a mis tellement de couches que le peloton était raide de peinture » (Jens Voight, à l'arrivée du Tour des Flandres).

RENTRER

Rentrer est vivre un moment délicieux. Après avoir été lâché, après avoir chassé pendant des kilomètres seul contre tout un peloton, vous rentrez. Avant même d'avoir rejoint la grande muraille d'échines, vous sentez son aspiration, et là, enfin, vous pouvez vous relâcher. Vous êtes de retour à la maison et vous faites instantanément 30 % d'efforts en moins. Vous n'aurez pas à finir l'étape en chasse-patate derrière un inatteignable peloton.

« Tu parles d'une poisse ! Au moment même où je rentrais, ça a flingué devant et il a fallu en remettre une couche » (Stuart O'Grady, *Toujours devant, surtout à la fin*).

RINCÉ

Cuit.

« Une journée galère ! Je finis défoncé. C'était hyper dur. J'ai fini au moral. Je suis rincé, je ne suis pas sûr de finir demain. Je m'attends à péter dès la première difficulté » (Romain Feuillu, *L'Équipe*, 15 juillet 2007).

ROBIC, JEAN (1921-1980)

Jean Robic, également surnommé Biquet, Tête-de-Cuir et Trompe-la-Mort, reconnaissable entre mille par son allure de tabouret Louis XV et son casque à bananes vissé sur le crâne, est certainement le cycliste qui a passé le plus de temps à terre (voir *Chute*).

Lorsqu'il restait debout sur son vélo, il était un grand champion, indifférent aux vanités ordinaires. Il est le seul vainqueur du Tour de France à n'avoir jamais porté son maillot jaune. En 1947, il a construit sa victoire le dernier jour, sur la route de Paris, dans la côte de Bonsecours, à la sortie de Rouen, qui ne ressemble en rien au Tourmalet ou au col de la Madeleine. Décidément oublieux des gloires matérielles, il est allé déposer le soir même le maillot jaune qu'on lui avait enfin remis dans le trésor de la basilique Sainte-Anne d'Auray, où les plus petits d'entre nous peuvent encore l'essayer.

Roue avant

C'est agaçant, une roue avant. C'est un petit truc énervant dont on devrait se moquer mais qui finit toujours par vous asticoter. Vous roulez de front avec un camarade, dans une côte par exemple, et vous vous rendez compte qu'il tient absolument à ce que sa roue avant soit en avant de la vôtre. En avant de quelques centimètres, rien de plus. Lorsque vous vous portez exactement à sa hauteur, il accélère pour reprendre sa position. Si vous prenez deux centimètres d'avance, il pense que vous lui faites une roue avant et il accélère. C'est souvent comme cela que le ton monte et que l'ascension qu'on rêvait paisible devient un champ de bataille.

Rouge

Être dans le rouge, c'est dépasser les possibilités de son moteur, c'est atteindre la zone rouge de son compte-tours intérieur ou du petit compteur de pulsations que certains portent sur le guidon. Lorsque le rythme cardiaque monte au-dessus de son maximum, le rendement baisse, la grande fatigue guette. Il faut savoir rester en dessous de cette limite dangereuse. C'est ainsi que l'on voit certains coureurs ne pas répondre aussitôt aux attaques des grimpeurs en montagne, mais programmer leur retour sur plusieurs centaines de mètres afin de ne pas donner à leur cœur la fatale accélération qui les mettrait dans le rouge.

« Moi, j'aime mieux que mes coursiers ne prennent pas leur cardio. Ils ne savent pas où est le rouge et ils tirent plus fort » (Cyrille Guimard, *Sur la pratique de la bicyclette*).

ROULER

Rouler n'est pas grimper. Tous les terrains autres que la côte sont propices à rouler. Le rouleur utilise des grands braquets avec lesquels il avale les petites déclivités, il s'efforce à l'aérodynamisme. Il va vite. L'abri, les relais deviennent les pièces maîtresses de son jeu. Généralement plus lourd et plus charpenté que le grimpeur, le rouleur joue principalement sur sa puissance.

RYTHME DES AUTRES

Après quelques centaines de kilomètres, en début de saison, on a trouvé son rythme et le moment vient de le confronter à celui des autres. Le rythme des autres est une sorte de petit enfer ordinaire. Il ne s'agit pas de faire la course, mais simplement de s'adapter à une autre pédalée. Si surprenant que cela puisse paraître, il n'existe pas deux pédalées semblables et suivre son prochain n'est jamais de tout repos. On subit des accélérations inattendues, on se retrouve sur des faux rythmes et on peine à préserver la belle sensation d'équilibre que l'on a eu tant de mal à créer. Il va sans dire que cet effort d'adaptation est un sûr moyen de progresser et que l'adaptation au rythme des autres vous permet incontestablement de hausser le ton et de vous donner un nouveau rythme.

Lorsque les professionnels sont dans cette phase d'adaptation, ils disent qu'ils « manquent de compétition ».

S

Sabotage

On ne sabote plus guère les vélos des adversaires. C'est passé de mode. L'histoire cycliste des origines abonde en aventures nocturnes où, faute de pouvoir matraquer l'adversaire au sens propre, on lui détruisait sa machine.

En 1913, après avoir tenté de le bastonner, les supporters de Girardengo versèrent un produit corrosif dans la boîte de pédalier d'Henri Pélissier. Dans l'étape de Nancy, en 1905, des clous jonchaient la route sur des dizaines de kilomètres, occasionnant des centaines de crevaisons et des dizaines d'heures de retard.

La dernière fois qu'un coureur a saboté son propre vélo, ou presque, c'était pour la bonne cause et pour contourner un règlement un peu tatillon : dans la montée de la Forclaz en 1963, Geminiani, devenu entraîneur, a « bricolé » le vélo d'Anquetil pour lui permettre d'en changer et d'avoir un braquet plus approprié au terrain, ce que le règlement interdisait. Le cas était de force majeure puisqu'il s'agissait de battre Raymond Poulidor.

Sauter

Ne pas pouvoir suivre le rythme d'une échappée ou du peloton. Se faire larguer.

Ne pas confondre avec « sauter dans la roue », qui veut dire se placer dans la roue d'un coureur qui tente de s'échapper.

« J'étais devant depuis cent bornes avec quatre costauds mais j'ai sauté dans la bosse à cinq bornes de l'arrivée. C'est rageant » (Thomas Voeckler, *Courage, en avant!*).

Se garer

Abandonner.

Selle

La selle est étroite et dure. Large, elle occasionnerait frottements et brûlures, souple, elle altérerait la position et le rendement. Lorsqu'elle était en cuir, anglais pour les légendaires Brooks, français pour les Idéale, il fallait la « faire », l'assouplir au fil des kilomètres, la graisser, la retendre avant de la retailler pour lui laisser la seule quantité de cuir nécessaire. Il fallait l'entretenir mais, quand elle était enfin bonne, elle durait une vie.

On assure que Louison Bobet, qui était sujet aux indurations, montait sa selle chez lui et s'en servait de tabouret pour se roder le périnée. Aujourd'hui, le cuir fin ou les matériaux synthétiques recouvrent une coque en plastique posée sur un chariot en aluminium. Pour les ennemis du poids, la selle peut aussi se résumer à une simple lame de carbone de quelques grammes.

Son apparence minimale fait peur au débutant et à la débutante. Les premières sorties sont souvent pénibles pour l'entrejambe, et puis la selle s'oublie si la position est bonne, si l'usage en est régulier et si le cuissard est bien en place.

La selle peut être traîtresse, il convient de l'inspecter régulièrement, voire d'en changer, car elle s'use et peut se briser inopinément. En 1952, Fiorenzo Magni a cassé la sienne dans le sprint du Championnat du monde et perdu le titre que ses qualités de sprinteur lui promettaient. Moi, j'ai cassé la mienne dans une salle de gym pendant une séance de vélo immobile, ce qui est beaucoup moins glorieux.

« Un bruit, le seul, à part ce torrent momentané des feuilles sur quoi éclate la lune, est ce grincement mutuel – sexuel – de deux bois profondément encaustiqués, l'un, ocre, de vieux miel de frelon, l'autre grenat comme le porphyre de certaines gaules de saules, et c'est mes jantes. Je suis heureux de ce siècle, heureux de ce sable, heureux de ma selle Brooks aux exquis craquements » (Charles-Albert Cingria, « Le petit labyrinthe harmonique », *Bifur*, n° 1, 25 mai 1929).

Selle dans le cul

« Se mettre la selle dans le cul » est une variante imagée, radicale et moderne d'expressions classiques comme « faire du bec de selle » ou « astiquer les rivets ». Les selles de cuir, Brooks ou Idéale, portaient des rivets à l'avant : lorsque, dans la tension de l'effort, les cyclistes glissaient vers la pointe de leur selle pour accélérer encore, on disait qu'ils « astiquaient les rivets ». Quand les selles perdirent leurs rivets, on se mit à dire plus volontiers qu'ils « faisaient du bec de selle ». Maintenant que les champions sont parfaitement assis en machine et que leur position sur la selle varie très peu, ils disent pourtant qu'ils « se mettent la selle dans le cul ». Bien entendu, ils ne font rien de semblable (en tout cas pas en public), mais cette expression traduit la sensation de contraction maximale et de traction sur le guidon que l'on éprouve dans un contre-la-montre ou une forte accélération. Par extension, elle est devenue chez certains un simple équivalent de « se mettre au travail ».

« Anquetil, beau comme un Dieu sur sa machine, était le plus grand astiqueur de rivets de sa génération. Il en a fait briller des rivets de cuivre ! C'était sa fortune, son argenterie, son coup d'éclat, sa façon à lui de faire la Une de Miror Sprint » (Antoine Blondin, *Sur le Tour de France*, La Table Ronde, 1997).

Se refaire la cerise

Retrouver des forces tout en pédalant. Le vélo, comme il s'inscrit en général dans une durée d'effort assez longue, fait passer par des états très variés de forme. Au fil d'une seule et même sortie, on peut connaître des états paradoxaux sans jamais cesser de pédaler ni d'avancer. Un moment, vous avez la sensation d'être cuit-mort, vous mangez une bouchée, vous buvez un coup, vous passez quelques kilomètres caché dans les roues des copains, et, le moment d'après, vous vous êtes refait la cerise et vous repartez au charbon.

Sexe

Pour être femme dans le peloton, il faut savoir se cacher. Qui aurait pu se douter, à le voir grimper dans les cols, que Robert Millar, surnommé le Roi de la Montagne, en était en vérité la Reine ? Ce n'est qu'après avoir quitté le monde très masculin du vélo qu'il se transforma en femme pour de bon.

Soleil

Le meilleur et le pire ami du cycliste. Celui qui vous écrase en plein juillet dans le Sud, celui que l'on attend pendant tout le printemps, celui qui vous sèche et vous fait voir la route en jaune, celui qui vous colle les roues dans le goudron mou, celui qui vous chauffe encore lorsque vous atteignez les sommets, celui que vous allez chercher en début de saison, celui qui bronze si bien les champions en tranche napolitaine qu'il leur donne cet air glorieux au long du jour et cet air famélique sur la table de massage.

Sonnette

Ce fut d'abord une corne, ensuite un timbre. Aujourd'hui c'est une sonnette. Elle fait « ding ding » pour prévenir le piéton – l'automobiliste, lui, ne l'entend pas. Elle est obligatoire mais la seule hâte du coureur est de n'en point avoir. Imaginez un vélo de course avec une sonnette ! Il suffit d'une grande gueule pour se faire entendre.

« Chère bicyclette, je ne t'appellerai pas vélo, tu étais peinte en vert, comme tant de bicyclettes de ta promotion, je ne sais pourquoi. Je la revois volontiers. J'aurais plaisir à la détailler. Elle avait une petite corne ou trompe au lieu du timbre à la mode de vos jours. Actionner cette corne était pour moi un vrai plaisir, une volupté presque. J'irai plus loin, je dirai que, si je devais dresser le palmarès des choses qui ne m'ont pas trop fait chier au cours de mon interminable existence, l'acte de corner y occuperait une place honorable. Et quand je dus me séparer de ma bicyclette j'en enlevai la corne et la gardai par-devers moi » (Samuel Beckett, *Molloy*, Minuit, 1951).

Sorcière aux dents vertes

La fameuse Sorcière aux dents vertes est la malchance. Elle fait couple avec le non moins célèbre Homme au marteau.

Sortir

Les cyclistes ne disent jamais qu'ils vont faire une promenade, ils font une « sortie ». Sortie de quoi ? De quel tunnel ? De quel gouffre ? La promenade cycliste est une expérience de liberté.

« Cette phrase : "le sortir hante le désir d'ailleurs", m'obsède en roulant, finit par épouser le rythme régulier du pédalage. Pour briser le lancinant refrain, je tente de me l'expliquer. Plus je sors et plus j'ai envie de sortir. La drogue du cycliste» (Jean-Marc Pontier).

SPONSORS

Au début, les sponsors étaient majoritairement des marchands de vélos. C'était l'époque où l'on pouvait encore raisonnablement penser que les progrès techniques permettaient de faire la différence : « Mon vélo est mieux que le tien, je vais donc gagner. » C'était le temps des belles affiches sur lesquelles des dames aux cheveux d'air volaient avec leur bicyclette dans le ciel étoilé. C'était le temps des sabotages, des cadres sciés, des chaînes torturées et des semences jetées sur la chaussée.

Bientôt la fortune des marchands de vélos n'y suffit plus et l'on dut songer aux soutiens extra-sportifs. Les marques se montrèrent vite intéressées par la surface que la presse accordait aux courses cyclistes et pensèrent qu'il serait bon de s'inscrire en lettres d'or sur la poitrine de ces beaux gaillards qui levaient fièrement les bras en franchissant la ligne.

Ce sont deux malicieux coureurs qui les premiers firent sauter le pas aux sponsors. Fiorenzo Magni, l'Italien, fit entrer Nivea dans la course en 1954, et Raphaël Geminiani, en France, devenu directeur sportif, convainquit l'apéritif Saint-Raphaël en

1955. La révolution était faite et, depuis lors, elle est la règle.

Sur les maillots, on peut lire les noms de grandes marques internationales comme Motorola ou T-Mobile, de grandes marques nationales (Crédit agricole, Française des Jeux), mais également de marques que la passion oriente vers le vélo et dont on ne sait pas toujours ce qu'elles promeuvent : les sous-vêtements Ferrys en Espagne, des marques de céramiques en Italie, des sociétés de crédit hollandaises…

Certaines doivent beaucoup au vélo. Les vêtements pour enfants Z tirent une bonne partie de leur notoriété de Greg LeMond et la Vie claire avait réussi un beau lancement avec Bernard Hinault, mais vingt ans trop tôt, pour ses produits santé.

Les maillots se sont adaptés aux nécessités de la télévision et sont parfaitement lisibles à l'écran. Les inscriptions publicitaires ont migré sur les flancs, sur les manches, sur les cuissards, partout où la caméra a une chance de s'attarder.

Comme il se doit, c'est dans les plus petites équipes que le cycliste devient le moins lisible, les sponsors se multipliant sur le maillot comme sur le capot d'une Formule 1.

Chaque année, les grands financiers se posent la question de savoir à quel point les scandales du dopage risquent de nuire à leur image de marque.

Puis ils repartent pour un Tour. Lorsque, par hasard, ils se montrent défaillants, ce sont les États qui s'en mêlent en créant leurs propres équipes – pas nationales, non, mais presque, comme Astana au Kazakhstan.

Sprinteur

Une course de 250 kilomètres peut fort bien se jouer dans les 500 derniers mètres. Il existe une catégorie de cyclistes spécialisée dans cette forme de patience : les sprinteurs (certains anciens prononcent encore « sprimpteurs »).

Sprinter est une entreprise difficile, athlétique et dangereuse, qui inspire le plus grand respect. Il s'agit de rouler autour de 70 km/h en jouant des coudes, en se faufilant, en évitant les barrières, en ouvrant des yeux partout, en torturant sa machine, en faisant confiance à tout et à tous et en se méfiant de tout et de tous. Il faut une souplesse de chat et une force de taureau. Ils sont quelques-uns à partager ces capacités à chaque génération. C'est pour toutes ces dangereuses raisons que les sprinteurs aiment à se connaître et à régler leurs affaires entre eux. Ils se distinguent par leur musculature surpuissante et par un petit air aristocratique qui tranche sur le reste du peloton.

« Le vrai secret dans le sprint, c'est que c'est quand t'es cuit qu'il faut être frais » (André Darrigade, *La Tête dedans*).

« J'estime qu'on peut tricher avec n'importe qui sauf avec les coureurs cyclistes qui mettent le monde en jeu sur 500 mètres » (Tristan Bernard, directeur du vélodrome de Buffalo).

STAYER

Coureur de demi-fond.

« Le métier de pacemaker est un métier ingrat. Bien cambré sur sa grosse moto, les jambes bien verticales, les avant-bras collés au corps pour fournir le meilleur abri possible, il tire le stayer et dirige sa course de manière à lui imposer le minimum d'efforts tout en essayant de se placer dans des conditions favorables pour attaquer tel ou tel adversaire. Dans cette position terriblement fatigante où presque tout le poids du corps porte sur l'extrémité du pied gauche, et qu'il doit conserver pendant une heure ou une heure et demie sans remuer un bras ou une jambe, le pacemaker voit à peine son stayer et ne peut pratiquement pas, à cause du rugissement des machines, recevoir des messages de lui : tout au plus peut-il lui communiquer, au moyen de brefs signes de tête dont la signification est convenue d'avance, qu'il va accélérer, ralentir, monter aux balustrades, plonger à la corde, ou passer tel adversaire. Le reste, l'état de fraîcheur du coureur, sa combativité, son moral, il doit le deviner… » (Georges Perec, *La Vie mode d'emploi*, Hachette, 1978).

SUCER LES ROUES

Se tenir dans l'abri sans prendre de relais, sans faire sa part de travail.

→ Voir *Abri*, *Feignasse*, *Rat, raton, ratagasse*, *Relais*.

SUCRES LENTS

Pour pédaler vite, il faut des sucres lents.

→ Voir *Pâtes*.

SUICIDE

Le champion cycliste (et le cycliste pas champion, pour autant qu'il fait la course) meurt deux fois. Une fois comme vous et moi lorsqu'il est au terme de sa vie et une première fois, quelque part entre 30 et 40 ans, lorsqu'il descend de son vélo. Le changement de mode de vie est alors si radical qu'il ressemble à s'y méprendre à une première mort.

Certains s'y préparent de longue date, achetant des vaches, des entreprises, montant des projets qui les envahissent peu à peu jusqu'à les absorber. D'autres s'arrangent pour que leur seconde vie ressemble le plus possible à la première. Ils restent dans le peloton, deviennent directeurs sportifs, commentateurs de télé ou de radio, organisateurs de courses, agents commerciaux pour les sponsors, autant de métiers où ils parviennent à monnayer leur nom et leur temps.

Certains, qui semblent aborder avec plaisir cette seconde vie, montrent de petites défaillances : le grand Merckx devient énorme, Charly Gaul se fait ermite, Cipollini se remet à pédaler à 40 ans après trois ans d'arrêt…

Et puis certains n'arrivent à rien du tout. Leur vie a brillé si fort, elle a été si intense que la suivante ne peut ressembler qu'à une plus ou moins rapide glissade. Les problèmes d'argent s'accumulent, les problèmes de sortie du dopage se compliquent, les ennuis de santé arrivent. Il y a parmi les anciens champions quantité de morts douteuses : Ocaña, le solaire, atteint d'une grave hépatite, se suicide en 1994, Hugo Koblet lance sa voiture tout droit dans un arbre, Thierry Claveyrolat se tire une cartouche dans la tempe, en pleine nuit, dans la cave de son bistrot, Marco Pantani meurt d'une overdose de cocaïne dans un hôtel minable de Rimini. D'autres s'enfoncent dans les marges sombres de la société où leur lumière se perd.

T

Talus

Le talus, c'est la bosse. Ce n'est pas le col, ce n'est pas non plus la côte de troisième ou quatrième catégorie, c'est typiquement la petite montée qui ne figure ni dans les livres ni dans l'histoire, que l'on peut avaler dans le souffle ou sur laquelle aussi bien on peut venir buter ou coincer. En règle générale, le talus étalonne les coursiers. Il peut être le tremplin idéal pour un démarrage ou le lieu de brèves intimidations entre moelleux. Un talus ça va, deux talus ça va, mais trois talus font déjà du dégât.

« T'arrives dans le talus, tu te lèves sans forcer, sans accélérer l'allure, tu prends le rythme du paquet. Si tu remontes, t'es en forme. Si tu recules, t'es dans le dur » (Cédric Vasseur).

Tifosi

Ce joli mot venu d'Italie – il faut bien avoir le sens du partage – désigne les supporters d'un grand champion – un Campionissimo, par exemple. Il y a cependant une nuance de fanatisme dans l'usage de ce vocable : là où les supporters applaudissent leur champion, les tifosi auraient plutôt tendance à pousser l'adversaire au fossé. C'est du moins ce que l'on dit de ce côté-ci des Alpes.

Tirer gros

Utiliser un gros braquet. Une erreur de débutant ou un privilège d'homme fort, au choix. L'effort musculaire à fournir est considérable et on risque de ne plus pouvoir entraîner sa machine et de céder le pas à ceux qui moulinent : on dit alors qu'on est « planté » sur son braquet.

Tout l'art consiste à équilibrer sans cesse puissance et vélocité. Il faut toujours veiller à enrouler le braquet. Un gros braquet au ralenti ne sert à rien, il ne vaut que s'il est emmené à un bon rythme de pédalage, mais cela nécessite un gros moteur.

Stephen Roche, grand champion irlandais, a raconté comment, à ses débuts dans le peloton professionnel, il passa une journée dans la roue de Bernard Hinault, qui faisait la course en tête, à se demander à quel moment il changerait enfin de vitesse, à quel moment il quitterait son énorme 53 × 13 pour relâcher la pression et les laisser souffler un peu derrière. Jusqu'au bout le Blaireau garda son braquet de mammouth, donnant à tous une impression de puissance terrible et quelques crampes aux mollets. Dans ce cas-là, on peut également dire « emmener la braquasse », qui est délicieusement vieilli.

« Vivement la montagne ! J'en ai plein le dos de tirer gros dans la plaine » (Lucho Herrera, *Colombien au sommet*).

TOURMALET

Le col du Tourmalet est le sommet des routes pyrénéennes. Long, difficile, il est un des cols favoris du Tour de France et de la Vuelta. Il monte pendant 19 kilomètres à près de 8 % de moyenne (avec des passages à 11 %), jusqu'à 2 115 mètres d'altitude. Il est aussi un magnifique balcon d'où l'on peut contempler un paysage infini, pour autant qu'on grimpe sur un petit braquet à une allure raisonnable. C'est un lieu charmant pour une belle sortie.

Ce fut aussi le lieu de la punition de Martin Van

den Bossche. Lorsque Merckx vit qu'il s'était porté en tête du peloton dans l'intention de franchir le col du Tourmalet en premier, il plaça un démarrage à sa façon et le devança sous la banderole. On s'étonna de voir le grand Belge rouler contre son équipier et venir lui voler une si petite gloire. En fait, Merckx avait appris que Van den Bossche venait de signer, en plein Tour, pour une autre équipe et il ne le considérait plus comme un équipier. Le patron n'était pas du genre à rigoler avec la fidélité. Mais l'histoire ne se termine pas là. Ayant démarré pour punir le traître, Merckx se retrouve en tête avec quelques mètres d'avance sur ses rivaux, et fantaisie lui prend d'en remettre une couche, pour voir. Il dévale le Tourmalet, accélère dans l'Aubisque, dévale le Soulor, enroule les 70 kilomètres de plat, enfin, après 140 kilomètres d'échappée solitaire, gagne avec plus de 8 minutes sur le deuxième, signant sur un coup de fureur, dans le Tourmalet, un des plus beaux exploits de sa carrière.

Tout à droite

Mettre tout à droite, c'est mettre la chaîne sur le grand plateau à l'avant et sur le plus petit pignon à l'arrière. Cette configuration est celle du plus grand braquet possible, celle qui est bonne pour les descentes, pour le sprint ou pour les hommes forts.

Mettre tout à gauche est exactement le contraire. La chaîne est sur le petit plateau à l'avant et sur le plus grand pignon à l'arrière, ce qui constitue le plus petit braquet. Celui des côtes difficiles, du grand vent de face et des coups de pompe. Cette option est moins glorieuse.

À de très rares occasions, pour désigner un homme fort, j'ai entendu l'expression « il est tout à droite ».

TOUT CAMPA

Tullio Campagnolo, ingénieur italien (1901-1983), était d'abord un inventeur. C'est à lui que l'on doit le blocage rapide pour les roues qui est aujourd'hui universellement utilisé. C'est encore lui qui a porté au plus haut degré le dérailleur à parallélogramme déformant. C'est lui toujours qui a généralisé l'usage du dérailleur avant à câble.

C'était, ensuite, un amoureux du travail bien fait. Il était aux accessoires cyclistes ce que Stradivarius est au violon et Porsche à l'automobile : le modèle de l'excellence, du performant, du durable, de l'inimité. À tel point que certains de ses freins à tirage latéral, sans doute moins rationnels que les freins à tirage central, se sont imposés par la seule perfection de leur forme et de leur fabrication. (Pour les motards, signalons qu'il est également l'inventeur du système de freinage des Harley-Davidson.)

Avoir un vélo équipé entièrement d'accessoires Campagnolo, c'est toucher au paradis cycliste. Un vélo « tout Campa » (donc cher) était et est encore, malgré le rachat de la maison par le japonais Shimano, le *nec plus ultra* de la fabrique cycliste. L'expression sonne tellement fort et clair chez tous les amateurs que, quand René Fallet veut décrire une belle donzelle, il n'hésite pas à écrire « une fille toute Campa ».

Toxiner

Avoir du mal à récupérer. Ne pas pouvoir éliminer les toxines dans les muscles douloureux.

Train

1) Le train n'est pas forcément un train-train. Il peut être soutenu, il peut être vif, il peut même être d'enfer. Mais ce qui le caractérise, c'est une forme de régularité. Un train d'enfer sera mené jusqu'à la dernière flamme. Certains cyclistes possèdent comme un don du ciel une science innée du train, ils sont capables de tenir une allure comme s'ils étaient régulés par un chronomètre interne. Ces hommes-là sont précieux pour inciter un groupe de

cyclotouristes à économiser ses forces au long du jour, pour mener sans à-coups l'autobus des attardés d'une étape de montagne du Tour jusqu'à l'arrivée dans les délais impartis, pour faire une vie d'enfer à un peloton entier au moment des grandes manœuvres. À vélo, qui veut voyager loin ménage son train, surtout s'il est grand.

« Je souffrais trop, la vie était devenue trop dure, j'ai sauté du train » (Raymond Poulidor, le 3 mars 1953, dans la montée de Saint-Nizier).

2) « Train » est également le nom donné à une équipe de spécialistes recrutés pour placer, dans les meilleures conditions, un sprinteur à 500 mètres de la ligne d'arrivée. Il est formé de huit ou neuf gros moteurs, capables de rouler à une vitesse dissuasive en tête du peloton tout en protégeant leur sprinteur jusqu'au moment de le lancer. Participer à un train demande beaucoup de force, beaucoup d'audace et d'autorité, une grande abnégation et un savoir-faire en proportion.

« Il faut avoir une sacrée locomotive pour se payer un train » (Manolo Saiz, directeur sportif).

TRUC

Faire un truc, c'est accomplir quelque chose de remarquable mais qui peut échapper au profane. Lorsque l'on fait un truc, c'est surtout l'estime de ses pairs que l'on gagne. Car le plus souvent il faut être du métier pour apprécier le truc à sa juste valeur. Le truc ne se conclut pas systématiquement par une tonitruante victoire, par un exploit spectaculairement visible, il s'agit plutôt d'une démonstration de force ou d'adresse qui ne laisse sa trace que dans la mémoire des témoins du peloton. Ce peut être une longue échappée solitaire en terrain difficile qui n'échoue qu'à quelques encablures de l'arrivée, ce peut être une façon grandiose de ramener son leader dans le paquet après une crevaison, ce peut être une montée de col miraculeuse, un bout droit tiré face au vent, ce peut être un sauvetage pour tout un groupe d'attardés menacé de relégation, ce peut être n'importe quoi que les connaisseurs reconnaissent unanimement comme grand.

« Tu as fait un truc, petit, mais maintenant tu vas reprendre ta place » (Laurent Fignon à Vincent Barteau, le 10 juillet 1984).

U

Un

« Faire un », « deux » ou « trois », c'est se classer premier, deuxième ou troisième. Cette façon de s'exprimer est une coquetterie de coursier. Il faut croire que les cyclistes acceptent d'être classés mais pas ordonnés.

« Faire etc. », en revanche, c'est se classer dans les non-classés, ceux dont le nom ne figure pas dans le journal et qui font partie du peloton anonyme des « etc. » qui ferme la liste. On peut également trouver « tmt » (« tous en même temps »), ou encore « dlmt » (« dans le même temps »).

« J'ai beaucoup de fierté à monter sur le podium d'une telle course devant ma famille. J'espère qu'ils sont aussi heureux que moi de me voir faire deux de Paris-Roubaix » (Juan Antonio Flecha, *L'Équipe*).

« Je fais cinq en partant dans une échappée, ce n'est pas comme si j'avais fait cinq avec les meilleurs. Il ne faut pas s'enflammer » (Laurent Lefèvre, *L'Équipe*, 15 juillet 2007).

V

Vacciné avec un rayon de bicyclette

Être vacciné avec un rayon de bicyclette, c'est avoir le virus du vélo dès son plus jeune âge et le garder comme une heureuse maladie.

C'est le Baron, mon père, qui m'a vacciné avec un rayon de sa bicyclette. Je savais à peine tenir en équilibre sur mon petit vélo que déjà je randonnais dans sa roue. La passation du goût cycliste demande une belle connaissance du sport. Elle demande également de savoir en enseigner les bonheurs et les duretés sans provoquer le dégoût ni la crainte, sans faire non plus de ces fautes techniques grossières qui provoquent le rejet immédiat. Le vélo est un sport difficile qui s'enseigne délicatement. Le goût de l'effort n'est pas toujours inné, mais le goût de l'exploit l'est. Il faut donc s'élever comme par degrés dans la hiérarchie des petites victoires sur soi, autant que sur les autres, dans la hiérarchie des bonheurs bien partagés. Ce que mon père a réussi le mieux, dès que j'ai été capable d'enrouler un petit braquet, c'est de me mener au plus tôt sur les sommets du cyclisme. Enfant, j'ai monté l'Izoard à ses côtés pendant qu'il me racontait Bobet et m'invitait à respirer l'odeur des pins. Nous y mettions le temps, mais le bonheur était dans la côte – et après la côte, quand je pouvais raconter à mes copains ébahis dans quelle Casse déserte j'avais passé mes vacances.

Vallée de Chevreuse

La vallée de Chevreuse est le poumon cycliste de Paris. C'est dans cette zone assez protégée autour de Saint-Rémy, avec son parc naturel et ses routes boisées, que les Parisiens se retrouvent en pelotons plus ou moins denses selon les saisons. Le paysage y est varié et agréable et la route offre quelques difficultés que les coureurs parcouraient jadis à la fin de Bordeaux-Paris et parcourent encore aujourd'hui, lors de la dernière étape du Tour. Certaines des bosses du coin sont devenues mythiques : Vauhallan, Saint-Rémy, Châteaufort, Port-Royal, les Dix-Sept Tournants sont autant de grimpettes de 2 ou 3 kilomètres que les Parigots gravissent en rêvant du Galibier. C'est une bénédiction que les villes nouvelles et les villages « clefs en main » menacent chaque jour. Le dimanche matin, une sorte de gentleman's agreement semble avoir été conclu entre automobilistes et cyclistes. Les autos ralentissent, les pelotons passent, on ne klaxonne pas, on ne crie pas, on n'écrase pas. On jurerait la paix des braves.

Velib'

Le Velib' est une invention communiste royale. Il s'agit de mettre à disposition de chacun des bicyclettes robustes que l'on peut prendre ici, chevaucher et reposer là, dans un emplacement prévu à cet effet, afin qu'un autre s'en empare. Cette minuscule brèche ouverte dans le sens universel de la propriété est une vraie avancée dans l'histoire de l'Humanité. « Ce qui est à moi est à moi et ce qui est à toi est à moi aussi », comme disaient les extrémistes du partage. La bicyclette se trouve discrètement placée en première ligne à tous les grands carrefours de l'Histoire. Elle a accompagné les congés payés en 1936 (ont-ils été créés pour elle ?) et la voici en tête des nouvelles pratiques collectives au début du XXIe siècle. Elle est un modeste banc d'essai pour des projets immenses.

Véloceman

Dire que ce joli mot était le premier nom donné au cycliste ! Que ne l'a-t-on gardé ! Il a de la vitesse, de l'élégance, du chic. Imaginez une carte de visite avec gravé : « Jacques Anquetil, véloceman. » Quelle allure ! Et le mot s'est perdu au profit d'un vague « cycliste » qui pourrait presque s'appliquer à un pilote de mobylette.

Vélocio (1853-1930)

Paul de Vivie, dit Vélocio (le véloce à vélo), n'a peut-être pas inventé la chose, mais il a su lui trouver un nom : le cyclotourisme.

Fabricant de vélos à Saint-Étienne, créateur de l'« Agence Générale Vélocipédique » et de la première revue sportive, *Le Cycliste forézien*, il fonda également la première compagnie de cyclotouristes, le CTF.

Il mourut écrasé par le tramway, mais l'essentiel de son héritage est sans conteste ses Tables de la Loi cyclotouristique. Les cyclistes se les récitent chaque année lorsqu'ils escaladent les 17 kilomètres du col de la République à sa mémoire (et à fond les manettes) lors de la Journée Vélocio.

Les 7 Commandements de Vélocio

Haltes rares et courtes, afin de ne pas laisser tomber la pression.

Repas légers et fréquents : manger avant d'avoir faim, boire avant d'avoir soif.

Ne jamais aller jusqu'à la fatigue anormale, qui se traduit par le manque d'appétit et de sommeil.

Se couvrir avant d'avoir froid, se découvrir avant d'avoir chaud, et ne pas craindre d'exposer l'épiderme au soleil, à l'air, à l'eau.

Rayer de l'alimentation, au moins en cours de route, le vin, la viande et le tabac.

Ne jamais forcer, rester en dedans de ses moyens, surtout pendant les premières heures où l'on est tenté de se dépenser trop parce qu'on se sent plein de forces.

Ne jamais pédaler par amour-propre.

Ses conseils ont gardé aujourd'hui tout leur sens, puisque c'était le bon.

VÉLOCIPÈDE

« Moitié roue et moitié cerveau,
Voici l'homme-vélocipède.
Il va, plus docile qu'un veau,
Moitié roue et moitié cerveau.
Il se rit, animal nouveau,
De Buffon et de Lacépède !
Moitié roue et moitié cerveau,
Voici l'homme-vélocipède »

(Théodore de Banville, « Le vélocipède », *Les Occidentales*, A. Lemerre, 1875).

Vent

Le plus difficile avec le vent, ce que l'on met très longtemps à apprendre, et que certains n'apprennent même jamais, c'est le moment où il vous pousse dans le dos. C'est un moment extrêmement fragile et subtil. Le commun des cyclistes dit simplement, sans autre analyse : « Je suis en forme aujourd'hui, je file ! » Il a tort, parce que cet état de béatitude et de confiance l'empêche d'imaginer ce qui l'attend au retour. Il serait pourtant sage de s'y préparer.

Le vent dans le nez est une plaie. Un ennemi invisible qui vous laisse sans force, qui transforme la plaine en montagne, le plaisir en calvaire, et qui vous fait goûter aux joies immobiles du surplace.

Dans le vent, la solitude est terrible. À deux on se relaie, on se refait une petite santé derrière, la cadence est modeste et on est bientôt prêt à repartir à l'assaut ; seul, il n'y a que la patience du mal et le calme qu'il faut garder cependant que l'heure tourne. Un jour que je pédalais en Camargue par fort mistral, je me suis offert un aller royal vers la mer sur le grand plateau et j'ai cru ne jamais pouvoir revenir au nord par mes moyens cyclistes. J'ai eu tout loisir de détailler un à un les ceps de Listel gris en prenant mon mal, puis ma douleur en patience.

Ventoux

Le Ventoux – le Roi Pelé, comme le nommait Antoine Blondin – est un solitaire. Posé sur la plaine, il ne commande aucune vallée, il ne fait passer nulle part. Il se hausse le col jusqu'à 1 909 mètres et il ne sert à rien qu'à être grimpé. Pétrarque déjà l'avait constaté.

Il est à lui seul un climat et un pays, il a sa faune spécifique de chenilles processionnaires et de carabes et sa flore de pavots velus du Groenland et de saxifrages du Spitzberg. Il est un défi au vent (d'où son nom) et, les jours de grâce céleste, un immense belvédère.

Pour le cycliste, il est une énigme. On ne monte jamais deux fois le même Ventoux. Chaque cycliste garde le souvenir d'une montée radieuse et chacun raconte aussi ces journées de plomb où, soudain, le vélo se fige, bloqué dans l'asphalte.

Le Ventoux n'a pas d'en-soi. Il est le plus grand révélateur de vous-même. Il vous restitue simplement votre fatigue et votre peur. Il sait tout de votre forme et de votre capacité au bonheur cycliste. C'est vous-même que vous escaladez. Si vous n'avez pas envie de savoir, restez au pied.

Malléjac en 1955 manque y laisser sa peau. À 10 kilomètres du sommet il tombe inconscient, et il faut les piqûres et l'oxygène du docteur Dumas pour le rendre à la vie. Comme fou, il veut à toute force repartir et on doit l'entraver pour le conduire à l'hôpital.

Tom Simpson, lui, n'en est jamais descendu. Le 13 juillet 1967, il a basculé dans la pierraille blanche du fossé pour ne plus se réveiller, épuisé, éreinté, ivre d'efforts et de drogue. On peut encore en frémir au moment de se lancer dans la côte.

Sur ce terrain à fort prestige ajouté, les coureurs se défoncent. Gagner au Ventoux est un *must* pour les aristos de la grimpette. Ils s'en donnent tous à cœur joie, les Pantani, les Ocaña, les Merckx. Depuis que la chaussée est lisse, ils grimpent à 30 à l'heure vers le chalet Reynard. C'est pourquoi je voudrais plutôt m'attarder sur la victoire du grand Eros Poli en 1994. Ce géant de près de 2 mètres, taillé sur mesure pour la route plate, champion olympique et champion du monde du contre-la-montre, a attaqué détaché le pied du Ventoux avec 23 mn 45 s d'avance sur le peloton et a réussi, au terme des 21 kilomètres d'ascension, à conserver 4 mn 35 s sur Pantani. Ce jour-là, il était au sommet du monde.

« Poulidor avale le Ventoux avec la voracité d'un cannibale engloutissant le mollet d'un archevêque » (Francis Huger, *France-Soir*, 1965).

VICTOIRE

La victoire est un métier. Pour y croquer, il faut en avoir faim. Les gens que la victoire indiffère sont voués à mille plaisirs, mais ils n'auront pas celui de gagner.

Tous les coureurs, pour devenir professionnels, doivent avoir appris à gagner et doivent avoir gagné. Un grand peloton est un peloton de premiers, un peloton de gagneurs.

Pourtant, certains renoncent. Sans doute mesurent-ils les limites de leurs forces, peut-être mesurent-ils secrètement la vanité qu'il y a à gagner. Ils deviennent équipiers et s'intéressent à la victoire des autres, en acteurs mais en spectateurs aussi. Il existe cent métiers dans le peloton.

Il y a des victoires ambiguës, même parmi les plus brillantes. En 2003, dans la montée du Ventoux, Armstrong et Pantani sont détachés, seuls. Au sommet, Pantani l'emporte. Il est heureux, puis bientôt il s'assombrit, soupçonnant Armstrong de l'avoir laisser gagner pour prendre un ascendant sur lui. Armstrong ne dément pas et déclare que Pantani est un très grand grimpeur et qu'il mérite de gagner. Pantani, furieux, dénonce ces façons de faire « à l'américaine » et promet de lui donner une bonne leçon…

Certains grands coureurs ont la victoire pour seul objectif. Un homme comme Merckx n'était pas programmé pour faire du vélo, il était programmé pour gagner.

La victoire a un prix et un poids. Gagner est tragique. C'est une activité sans autre espoir qu'elle-même, avec, au bout, la certitude que cela va s'arrêter. La victoire est un sursis. C'est une activité triste et glorieuse.

« On perd l'habitude de gagner. Comment l'a-t-il perdue ? » (Jean-René Bernaudeau à propos de Laurent Lefèvre, *L'Équipe*, 15 juillet 2007).

« Gagner des courses pendant un an ou deux, rester au sommet une ou deux saisons, c'est à la portée de beaucoup de coureurs. Durer c'est autre chose. Gagner des courses tous les ans pendant plus de dix ans, c'est cela être un champion » (Rik Van Looy).

Vieillir

Le vélo est un sport que l'on peut pratiquer tard. On perd en muscles, on perd en forme, on perd en explosivité, on perd surtout en envie de se taper dedans. On gagne un peu en résistance. Si on parvient à maîtriser ces paramètres, si on se fait une philosophie, on peut pédaler très longtemps et se rendre compte que, somme toute, on a de beaux restes. Et puis le cyclisme amateur est un sport relatif: on peut se fabriquer un plaisir équivalent avec 5 km/h de moins, on peut se trouver des compagnons de route dans sa tranche d'âge. On peut aussi changer ses habitudes, voyager, visiter, décider d'aller moins vite et s'y tenir... Le Ventoux en trois heures est toujours le Ventoux.

Visser

Durcir la course en montant le rythme, en maintenant un train susceptible de décourager les tentatives d'échappées.

« Sur ce genre de course je n'ai pas la même notion de sécurité que les Belges, moi j'ai l'index droit collé à l'étrier de frein, pas eux. On n'est pas fait pareil et, dimanche, je serai incapable de suivre Boonen et Museeuw quand ils vont visser. Alors il faut savoir s'y prendre autrement, savoir anticiper par exemple. J'ai tout de même ce maillot bleu blanc rouge sur le dos, j'ai donc des devoirs » (Florent Brard, *L'Équipe*).

Vol

Pour protéger son beau vélo du vol, rien de tel que de se tenir toujours assis dessus. Lorsque cela est impossible, il est sage de ne pas le quitter des yeux. Les cadenas et autres antivols ne sont pas d'un grand secours. Leur résistance est faible. Les cyclistes exercent donc une surveillance étroite de leur monture. Les bicyclettes dévolues aux tâches utiles disparaissent plus volontiers – j'en suis à moins quatre. C'est la rançon de leur succès.

« Un des gros ennuis de la bicyclette réside en l'étrange facilité de son larcin. Le cycle, en effet, a ceci de particulier qu'il sert à favoriser la fuite rapide de qui vient de le dérober, ce qui n'arrive point dans mille autres cas, comme, par exemple, le vol d'un sac de farine ou d'un lot d'escargots » (Alphonse Allais).

VOLER

Qu'on le veuille ou non, le cycliste confie une bonne partie de son poids à sa selle. Il est ainsi plus léger et sa force s'applique moins directement à le porter. Les genoux et les hanches tournent à l'aise, le cœur pétule dans sa cage, les poumons s'ouvrent à l'air du large, l'œil aigu fouille l'horizon, le vent de la course s'engouffre sous ses ailes et il s'en faut de peu qu'il ne décolle. Le vélo est probablement ce que l'homme a inventé de mieux sur terre pour approcher la sensation du vol. Du coureur qui « marche » on dit qu'il voltige ou qu'il vole, et le pédaleur de charme est d'abord et avant tout celui dont le style est aérien.

L'idée de vol hante le vélo : « Voici des ailes ! »

s'écriait Gaston Leroux, Federico Bahamontes était bien l'Aigle de Tolède, Charly Gaul était l'Ange de la Montagne, « Le Domaine des Elfes » était le nom de la demeure de Jacques Anquetil et la plus lourde bécane de Manufrance était déjà une « Hirondelle ».

« Quelles délices que de s'en aller ainsi, d'un vol d'hirondelle qui rase le sol » (Émile Zola).

W

Wagon

Être dans le bon wagon, c'est avoir su se glisser dans la bonne échappée, celle qui ira jusqu'au bout parce qu'elle est tirée par quelques bonnes locomotives.

Walkowiak, Roger (né en 1927)

Événement rarissime, le Tour 1956 s'annonçait sans patron. Les vieux étaient vieux, Geminiani était malade, Robic était forfait… Tout le monde semblait pouvoir saisir sa chance et ce fut le plus discret, le plus improbable, qui l'emporta. Appliqué, souvent glissé dans les bonnes échappées, Walkowiak bâtit une victoire prudente, timide, selon un scénario que l'on connaît aujourd'hui sous le nom de « course à la Walkowiak ». Il prit le maillot jaune et, très vite, s'en débarrassa pour qu'il ne pèse pas trop lourd sur ses épaules et sur celles des équipiers de sa petite équipe régionale. Mais il resta en embuscade et sut reprendre son bien à quelques jours de la fin, indifférent aux critiques, conscient de sa chance, mais aussi du sérieux avec lequel il faisait son métier de coureur modeste. Les coureurs le jalousèrent, la presse le moqua et il disparut pour cultiver son jardin et vendre ses vélos.

« Même si les Tours de France suivants seront pour Roger Walkowiak marqués du sceau de la malchance et de la maladie, le Montluçonnais ne méritait ni le silence, ni l'oubli » (Jean-Paul Ollivier).

« Je me souviens de Walkowiak » (Georges Perec, *Je me souviens*, Hachette, 1978).

X

Xanthopsie

Trouble de la vision dont sont affectés de très nombreux coureurs chaque année en juillet. Cette curieuse maladie se caractérise par le fait qu'elle fait voir tout en jaune.

X Games

Bien entendu, cet « abécédaire du véloceman » ne comporte aucun des mots nouveaux générés par les cabrioles cyclistes des X Games. Ces extrémistes de l'usage du BMX, qui pratiquent *Stunt Vert*, *Stunt Park*, *Stunt Dirt*, *Stunt Flatland*, relèvent d'une autre philosophie et d'une autre langue, que l'amateur aura reconnues sans peine.

Xylotrope

Longtemps le vélo a été xylotrope. Encore récemment, des tentatives furent faites par les accessoiristes chic pour le remettre dans ce vieux et confortable état. Elles ont fait long feu et nos modernes vélos ne veulent plus de leurs vieilles roues en bois.

Y

Yaourt

Pédaler dans le yaourt, comme pédaler dans la choucroute ou dans la semoule, c'est avoir des jambes incertaines, des sensations floues, ne pas sentir que l'effort « rend », ne pas sentir la route.

Yellow Jersey

Il faut s'y faire, le vélo est désormais un sport international et les champions anglais et américains ont mis la main sur les plus brillants de ses symboles. Si leur rêve est de porter un jour le célèbre *Yellow Jersey* du leader du Tour de France, il va sans dire qu'aucun n'est fâché de revêtir le *pink jersey*, l'*amarillo jersey*, le *green jersey* ou le célèbre *polka dot jersey* des rois de la montagne.

Yoyo

Les années yoyo sont des années terribles. La forme ne parvient pas à se stabiliser. Un jour oui, un jour non. Le yoyo est en haut de sa course, l'espoir renaît, et aussitôt le yoyo redescend. La forme ne tient plus qu'à un fil.

Z

Zaaf, Abdelkader (1917-1986)

C'est dans l'étape d'Albi du Tour de France 1950 que l'anonyme et vaillant Abdelkader Zaaf connut sa minute de gloire. Écrasé de chaleur, il fut secouru par des spectateurs qui lui donnèrent un grand coup de rouge à boire. Saoul, il reprit la route à contresens. Il retira de cet épisode une réputation d'ivrogne des pelotons parfaitement injustifiée puisque, musulman, il ne buvait jamais d'alcool – ce qui explique sans doute pourquoi il s'était retrouvé aussi vite en état d'ébriété.

« De Montagnac à Fabrègues, de Saint-Jean-de-Védas à Castries, "Zaaf!" criait la route, "Zaaf!" sous les grandes portes des vieilles villes, "Zaaf!" sous le feu des photographes roulant, "Zaaf!" » (Hélène Parmelin).

Zigzag

Si la route monte en zigzag, c'est signe qu'elle s'adapte au terrain. Si le cycliste fait de même, c'est beaucoup moins bon signe. Monter en zigzag dans le droit-fil de la route est signe d'une très proche défaillance. Il s'agit, en outre, d'une pratique à très haut risque, qui vous met aux portes de l'effondrement, à la merci des automobilistes qui descendent. Une figure à éviter et à remplacer d'urgence par la marche à pied sur le bas-côté.

Du même auteur

Clef pour la littérature potentielle
Denoël, 1972

L'Équilatère
Gallimard, 1972

L'Histoire véritable de Guignol
Fédérop-Slatkine, 1975
rééd. Slatkine, 1981

Les petites filles respirent le même air que nous
nouvelles
Gallimard, « Le Chemin », 1978
et « Folio » n° 2546

Les Aventures très douces de Timothée le rêveur
(illustrations de Grégoire Mabille)
« Le Livre de Poche jeunesse », 1982

Les Grosses Rêveuses
Seuil, 1982
et « Points » n° P557

Les Athlètes dans leur tête
nouvelles
Ramsay, 1988
rééd. Seuil, 1991
et « Points » n° P558

Oulipo. La littérature potentielle
(en collaboration)
Gallimard, « Folio Essais », 1988

Oulipo. Atlas de littérature potentielle
(en collaboration)
Gallimard, « Folio Essais », 1988

Les Marionnettes
(dirigé par Paul Fournel, préface d'Antoine Vitez)
Bordas, « Bordas-spectacle », 1988, rééd. 1995

Un homme regarde une femme
roman
Seuil, 1994
et « Points » n° P125

Pac de Cro, détective
(illustrations de Claude Lapointe)
Le Verger Éditeur, 1995
et Seuil, « Point-Virgule » n° V178

Guignol : les Mourguet
album
Seuil, 1995
nouvelle édition, Éditions lyonnaises
d'art et d'histoire, 2008

Toi qui connais du monde
poésie
Mercure de France, 1997

Alphabet gourmand
(avec Harry Mathews,
illustrations de Boris Tissot)
Seuil Jeunesse, 1998

Foraine
roman
Seuil, 1999
et « Points » n° P1092

Besoin de vélo
Seuil, 2001
et « Points » n° P1015

Timothée dans l'arbre
(illustrations d'Emmanuel Pierre)
Seuil Jeunesse, 2003

Poils de cairote
Seuil, 2004
et « Points » n° P1656

À la ville comme à la campagne
(deux vocations ratées)
Après la lune, « La maîtresse en maillot de bain », 2006
et Seuil, « Points » n° P1911

Chamboula
Seuil, 2007

Les Animaux d'amour
et autres sardinosaures
(illustrations d'Henri Cueco)
Le Castor Astral, « Les Mythographes », 2007

Les Mains dans le ventre,
suivi de Foyer jardin
Actes Sud, « Actes Sud-Papiers », 2008

RÉALISATION : PAO ÉDITIONS DU SEUIL
IMPRESSION : NOUVELLE IMPRIMERIE LABALLERY À CLAMECY
DÉPÔT LÉGAL : JUIN 2008. N° 96627-2 (N142504)
IMPRIMÉ EN FRANCE